*POR TRÁS
DOS VIDROS*

MODESTO CARONE

POR TRÁS
DOS VIDROS

COMPANHIA DAS LETRAS

Copyright © 2007 by Modesto Carone

Capa:
Angelo Venosa

Foto da capa:
Paul Bourdice/Wildcard Images, Reino Unido

Revisão:
Ana Maria Barbosa
Valquíria Della Pozza

Os personagens e as situações desta obra são reais apenas no universo da ficção;
não se referem a pessoas e fatos concretos, e sobre eles não emitem opinião.

Dados Internacionais de Catalogação na Publicação (CIP)
(Câmara Brasileira do Livro, SP, Brasil)

Carone, Modesto
Por trás dos vidros / Modesto Carone — São Paulo : Companhia
das Letras, 2007.

ISBN 978-85-359-1137-4

1. Contos brasileiros I. Título.

07-8659   CDD-869.93

Índice para catálogo sistemático:
1. Contos : Literatura brasileira   869.93

2007

Todos os direitos desta edição reservados à
EDITORA SCHWARCZ LTDA.
Rua Bandeira Paulista 702 cj. 32
04532-002 — São Paulo — SP
Telefone: (11) 3707-3500
Fax: (11) 3707-3501
www.companhiadasletras.com.br

SUMÁRIO

O Natal do viúvo, *11*
À margem do rio, *14*
Visita, *18*
Por trás dos vidros, *22*
Dueto para corda e saxofone, 25
Passagem de ano entre dois jardins, *28*
Desentranhado de Schreber, *31*
No tempo das diligências, *33*
O retorno do reprimido, *34*
Os joelhos de Eva, *36*
Café das flores, *38*
Bens familiares, *45*
A força do hábito, *48*
Ponto de vista, *50*
Encontro, *56*
Matilda, *59*
Dias melhores, *83*
Corte, *89*
Janela aberta, *91*

O espantalho, *94*
Virada de ano, *96*
O assassino ameaçado, *99*
O som e a fúria, *102*
Rodeio, *103*
Determinação, *105*
A tempestade, *107*
Subúrbio, *109*
Rito sumário, *113*
Fim de caso, *116*
Escombros, *119*
O ponto sensível, *125*
As faces do inimigo, *149*
Noites de circo, *151*
Choro de campanha, *153*
Mabuse, *155*
Pista dupla, *156*
As marcas do real, *158*
Fendas, *162*
Águas de março, *164*
Sagração da primavera, *167*
Eros e civilização, *169*
Crime e castigo, *171*
Vento oeste, *173*
O cúmplice, *175*
Duelo, *178*
O jogo das partes, *182*
Reflexos, *185*
A manta azul, *188*
Utopia do jardim-de-inverno, *190*

*Quando mergulhamos em nós mesmos
não descobrimos uma personalidade autônoma
desvinculada de momentos sociais,
mas as marcas de sofrimento do mundo
alienado.*

Theodor Adorno

Para dentro é o caminho, para dentro

O NATAL DO VIÚVO

à maneira de Molloy de Beckett

É tarde, a chuva bate nos vidros, ele está sentado num canto da sala. Talvez apóie o rosto numa das mãos ou cruze as pernas mas não se percebe nenhum movimento. A obscuridade é maior porque as cortinas estão descidas e a luz só filtra por algumas frestas. Não é possível registrar nada com nitidez, ele está parado ou parece parado na poltrona do canto da sala. Provavelmente os olhos permanecem fechados e se as pálpebras se abrem a vista acusa tonalidades de cor na quina de um móvel. Os carros passam pela rua da frente chiando os pneus no asfalto e alguma coisa estremece na casa, um ruído de folhas, o tinido de um cristal. Os copos estão enfileirados sobre a toalha ao lado dos pratos e talheres e dos guardanapos dobrados como um par de asas na penumbra. Os vidros e os metais não cintilam, as velas vermelhas dormem nos castiçais, o mais provável é que ainda não tenham saído dos armários e da cristaleira. Ele não fixa o olhar na mesa pois conserva a cabeça baixa ou apoiada na mão direita, talvez na esquerda. Se olhasse não veria nada porque lá também não há luz. Mas ele não é cego, olha para dentro e remexe, apalpa o que vê, as imagens vão de um lado para outro, rodopiam, escondem-se atrás da coluna de gesso e desaparecem sem deixar vestígio. O ar que ele respira é espesso, a neblina sobe do chão, a coluna vacila, de repente desaba, os pedaços se espalham pelo chão sem barulho. A criada de avental está varrendo o assoalho, a vassoura de pêlo trabalha como um autômato, a moça vira as costas para a sala, some pela porta da copa. Ele faz um gesto de impaciência, pode ser de dor, mergulha o rosto nas conchas das mãos e um resto de poeira branca se agita quando os carros passam pela rua. A campainha toca, toca, o chiado das rodas no asfalto abafa o toque remoto, ela toca outra vez, sobrevém o silêncio. Os passos se aproximam, o salto dos sapatos bate nos tacos, a esposa abre a porta, introduz a filha na casa com um beijo, as duas passam pela poltrona falando em surdina, agora é possível que ele se mova no assento da poltrona, faça menção de ir até a janela para abrir as cortinas. No centro da sala iluminada a filha está conversando com a mãe, elas mantêm os dedos enlaçados, o filho desce a escada em caracol e abraça as duas mulheres de perfil idêntico. A mesa foi posta, as velas vermelhas ardem nos castiçais, a moça de avental entra sorrindo com uma travessa nos braços. Os filhos chegam à poltrona do canto da sala, erguem as taças, pelo meio dos dois a mulher espia para ele, sorri, os dentes são brancos, as maçãs do rosto coradas e da linha alva do pescoço emerge um clarão. A cera começa a derreter, não se refaz, as figuras balançam como recortes de papelão no vento, o sino da igreja está batendo alto e uma rajada abre as vidraças sobre a praça. As árvores decoradas estão molhadas de chuva, os canteiros floridos, ele vê a família abraçada junto à janela, a mulher ainda se volta para a poltrona, faz um gesto com as mãos, insiste, insiste, ele quer dizer alguma coisa e emudece, talvez ele chore. As lágrimas devem rolar no escuro, escorrer pelo peito, pingar no tapete; não é exato descrever o que acontece. Pelas cortinas fechadas percebe-se que a noite avança, ele ainda está sentado imóvel na sala do sobrado que dá para a praça. Talvez apóie o rosto nas mãos ou cruze as pernas mas não se nota nenhum movimento. O sino não soa, não há sinos por perto, a sombra desliza sobre a mesa e os armários. O sobrado se destaca num halo de luz que vem de cima e tinge as nuvens de rosa, talvez um sopro as leve logo para longe. A porta lateral da casa está trancada, a campainha muda, o portão de ferro coberto pela hera, as vidraças vazias. Ele está sentado num canto da sala, quem sabe estique a cabeça e os braços no escuro. É tarde e a chuva bate nos vidros. Não era tarde. Não estava chovendo.

À MARGEM DO RIO

Foi no começo do verão que montaram o circo na margem esquerda do rio. A tenda de lona ficava a duzentos metros da ponte que dá acesso do centro da cidade aos bairros altos que seguem o contorno antigo de uma colina. A companhia não era muito conhecida mas o material parecia novo e o anúncio dos espetáculos incluía os números usuais e o globo da morte, no qual duas motocicletas negras disparavam de cima para baixo e de um lado para outro dirigidas por pilotos protegidos por roupas de couro e óculos de celulóide amarelo.

A lona tinha sido erguida sobre um terreno maior que o necessário pois perto dali ficava o pequeno parque de diversões que pertencia ao dono do circo, um senhor gordo e barbudo que não tirava o fraque e a cartola nem nos dias de sol. Os animais eram poucos e as jaulas de grades azuis ficavam a poucos metros da água; o que mais atraía os espectadores, principalmente as crianças, era um urso-pardo que dormia o tempo todo anestesiado pelo calor.

À noite o ambiente se transformava: os holofotes coloridos se acendiam e os reflexos batiam nas árvores, no rio, na ponte de aço e nas nuvens mais baixas do céu. O vento que soprava ao longo das margens encontrava pouca resistência porque a vegetação tinha sido cortada rente e o ar encanado entrava pela porta do circo fazendo ranger a construção em cujo mastro tremulava o emblema branco e vermelho da companhia. Assim que as lâmpadas brilhavam o nome do circo piscava nas letras de néon e as filas se aproximavam dos guichês enquanto os meninos enfiavam a cabeça e os corpos miúdos por baixo da tenda cravada com pinos de ferro no chão. Quem conseguia passar podia contemplar o circo arfando como um pulmão sobre as galerias, as arquibancadas de madeira, as cordas e os trapézios que dançavam movidos pela brisa do alto.

Foi numa dessas noites que, no outro lado da cidade, pulei a janela do meu quarto e cheguei quase sem fôlego à ponte sobre o rio. O encontro com o circo iluminado foi um choque e eu descobri que valia a pena escapar de casa: a visão era uma surpresa e as emoções recentes como um jato na nuca — principalmente por causa da bailarina jovem a quem devia encontrar perto dos guichês. Ela era mais velha e experiente que eu mas por algum motivo voltara, sorrindo, os olhos para mim quando passava pela pérgola da praça central. Sem hesitação fui até o lugar onde ela estava e segurei suas mãos nas minhas. O hálito dela era perfumado e dos lábios cheios olhei para o relógio da catedral por onde a noite caía sobre os prédios e os telhados das casas. Ela me encarou por algum tempo e sem dizer uma palavra me abraçou. Agarrei a cintura trêmula e senti na concha das mãos as nádegas elásticas: foi o conhecimento essencial de um único momento.

Quando o crepúsculo inundou a praça ela havia escapado dos meus braços mas eu não me via só porque estava impregnado da sua roupa, do seu hálito, do seu corpo e daquela ausência súbita que me cercava como uma aura.

À noite não dormi direito e passei as horas do dia esperando anoitecer. O silêncio voltou às copas das árvores tocadas por uma lua amarela: saltei do parapeito da janela e corri em direção ao centro da cidade. Atravessei a praça da pérgola respirando pela boca, desci a ladeira de paralelepípedos até a ponte e ao segurar a amurada de metal o frio subiu pelos músculos do meu braço. A compensação vinha da tenda inflada e do estandarte que estalava como um aviso a cada rajada de vento no topo do mastro.

É possível que o tempo tenha passado sem que nada me inquietasse a não ser talvez o toque dos dedos leves nos meus ombros. Era ela, sorridente, que me fazia voltar o corpo para beijar meu rosto. Os olhos verdes refletiam os faróis e os dentes brancos compunham o contorno da face esculpida. Eu não disse nada, nem achava necessidade de falar o que fosse. Ouvi-a pronunciar meu nome e sussurrei o dela nos cachos do cabelo castanho. Àquela hora o trânsito na ponte parecia interminável. Ela se desembaraçou ágil do meu abraço e desceu correndo os degraus da escada que iam até a porta do circo. Antes de entrar desatou o lenço de seda que havia amarrado na cintura como uma cigana. Os lábios se moviam e de repente o rosto assumiu o ar de quem pressente o perigo. Não ouvi o que disse porque a distância era grande e o marulho do rio se confundia com o rumor dos carros na ladeira. Percebi apenas que os trilhos dos trens de carga que vinham da vila industrial mais próxima vibravam com força e para me desviar da locomotiva atravessei a linha pisando nos dormentes. Foi nessa fração de segundo que vi o homem de casaco de napa na calçada em frente. Ele me fitou do fundo dos olhos escuros, desabotoou o paletó e puxou da bainha presa no cinto a lâmina que faiscou sob a lâmpada do poste. Golpeou o ar várias vezes com a faca e depois raspou-a no granito da sarjeta até as fagulhas saltarem. Quando esticou o braço apontando-a para mim recuei de costas até a esquina do colégio e subi correndo a rua até cair sentado e suando num banco de jardim.

O jato d'água de uma fonte subia em silêncio pela noite e foi nela que lavei o rosto e molhei a nuca. Comecei então a caminhada para casa no outro lado da cidade. As árvores ainda estavam tingidas pela lua amarela, respirei o perfume de verão que havia no ar e sem saber o que fazia abri a camisa até embaixo, apalpando a cicatriz nítida que riscava de ponta a ponta meu ventre: era o primeiro dos vários lutos que tive de fazer na vida.

VISITA

Saio pela calçada escura e chego à esquina da ladeira central. Ônibus e caminhões levantam o pó de asfalto que fere a vista e ao desviar a cabeça vejo esculpido no prédio ao lado o ano do meu nascimento. Os números recortam um ângulo da fachada e as lascas de mica brilham como uma ironia diante dos faróis. Corto a rua em direção ao largo e paro em frente ao teatro que agora serve à prefeitura: minha avó está subindo os degraus de entrada com o casaco pendurado no braço. O primeiro impulso é chamá-la mas ela vira o rosto e inclina o ombro para cochichar alguma coisa no ouvido da filha. Sem olhar para o beco à esquerda volto-me para o fim da rua e antes de tomar a última transversal ouço a badalada das onze no relógio da torre. A essa altura o largo está quase deserto e pelas frestas da folhagem é possível sentir os respingos da fonte que se ergue em silêncio e traz até a pérgola um perfume recente de jasmim. Deixo o banco de pedra e ao endireitar o corpo avisto pelo canto dos olhos a adolescente de vestido verde que escorrega no portão da casa e mostra um pedaço de coxa que reluz como um peixe assustado. Estou diante do sinal de uma alameda enfeitada de lanternas e os ônibus e caminhões levantam a poeira preta que se deposita na pele. Decido descer e com o corpo embalado pela inclinação passo defronte da fachada do colégio em que freiras de cinza educaram minha irmã de feições judias. Ela pisa sobre os paralelepípedos que cintilam ao sol e sorri com a ponta dos lábios enquanto leva a mão à boina vermelha que contrasta com a blusa de cambraia branca. Termina ali a ruela asfaltada que dá para o vulto azul da catedral ao fundo: lá passei os primeiros anos entre tios e avós e mais tarde conheci como uma lembrança viva de amêndoas na garganta o peso do trabalho obrigatório. Quase sem perceber entro no cruzamento ainda dominado pela cúpula de mármore rosa construída por um comendador. A estação de trem está próxima e para alcançá-la escolho o caminho de cascalho entre as mangueiras: os galhos formam arcadas baixas que estreitam a sombra e por alguns minutos só ouço meus passos no escuro. A fachada da estação está iluminada — uma aura amarela emerge do abrigo de entrada e invade o ponto de táxi vazio. Subo a escada que agora parece menor e passo ao hall inundado de néon. À direita e à esquerda ficam as bilheterias esmaltadas, à frente o portão de ferro batido e no alto o balcão de madeira sobre o qual se abrem os vitrais. Atravesso a catraca que o porteiro de boné gira sem mover a cabeça e piso na plataforma de cimento. Meus passos ecoam sob a armação de aço quando me aproximo do leito da ferrovia. Os trilhos refletem os holofotes da locomotiva que está chegando e os apitos rasgam uma nuvem de vapor: meu pai salta do vagão de passageiros com uma pasta de couro na mão, levanto o braço para o aceno e sou arrastado pela massa dos que querem embarcar e desembarcar. Estou só no meio da plataforma e ando até a passarela que dá acesso ao outro lado por cima dos fios de alta-tensão. Apoiado no corrimão de metal escuto os ruídos soarem no teto sustentado pelos postes de concreto plantados nas duas margens da estação. Procuro enxergar pela treliça suja de fuligem o trecho do rio que segue a linha de trem na curva da estrada. Mas a batida das passadas atrai meu olhar para baixo e vejo as colunas de operários marchando pela plataforma esquerda. Eles vestem o uniforme escuro da ferrovia e suas faces estão pálidas e marcadas pelo desgaste. Os apitos regulam o ritmo das solas pesadas e assim que a última fileira ultrapassa o portão de saída o molho de chaves retine nas grades. Desço até a catraca e pelo hall apagado chego à entrada da estação. O pátio da frente continua vazio e o vento levanta as folhas de jornal espalhadas pelo chão. Movido pelo ar úmido atravesso a rua e dobro a ladeira que pega impulso na altura da casa colonial. A porta e as janelas estão fechadas e me surpreende a grama que cresce reluzente à beira da calçada. Acompanhando a linha de paralelepípedos debaixo do asfalto completo a subida em direção à ruela que abre para a catedral ao fundo. A pista molhada pela chuva irradia as luzes de mercúrio e a ponta dos postes já some na neblina. Atendendo a um apelo surdo estaco na esquina do beco por onde aparece o teatro do outro lado e na frente de uma vitrine acesa levanto a cabeça: minha mãe está na janela do sobrado e seu rosto brilha entre as cortinas de renda. É meia-noite, o sino da catedral está batendo e nesse momento eu encosto as mãos na parede da casa onde nasci.

POR TRÁS DOS VIDROS

Pelas vidraças da casa de chá posso ver a fachada maciça da estação de ferro. As cúpulas de cobre estão fora de foco porque a temperatura baixou e o nevoeiro gelado começou a descer. A praça é oval, o pavimento de pedra brilha sob um reflexo instável e o relógio da estação está marcando quatro e meia. É inevitável que daqui a pouco ele soe claro como uma caixa de música holandesa. Não distingo os ponteiros metálicos depois que uma estria de névoa fica flutuando em frente ao mostrador. Estamos os dois sentados numa mesa vermelha coberta por uma toalha de renda e terminamos de beber o chá. Acho o lugar confortável só de observar o tempo lá fora e quando vou falar com ela sobre isso noto que a névoa também esconde sua cabeça. Ela não tirou o casaco azul de gola de pele e parece encolhida de frio a dois passos de uma lareira acesa. Passo a mão direita pelo rosto pálido e desço os dedos até o queixo fino. Ela agradece com um movimento muito leve e eu cubro sua mão esquerda sobre a toalha. Lembro então que temos apenas meia hora para embarcar. A viagem, que devia durar duas horas, chegou a quatro e resta ainda esse intervalo de minutos para tomar o trem de volta. A verdade é que ela havia consultado antes os mapas e se enganado completamente em relação à cidade. Eu estava surpreso com o erro pois nada assim acontecera antes: sua acuidade nos detalhes sempre tinha sido superior à minha em vinte e cinco anos de convívio. Em vez de estarmos andando em Amsterdã acabávamos de beber uma xícara de chá numa casa envidraçada que dá para a estação de trem de Rotterdã. O ímpeto de reclamar recuou logo porque uma angústia fina, vinda não sei de onde, cortava a pele a contrapelo. Ela tinha sofrido dores de cabeça duas semanas inteiras e o passeio pretendia ser um alívio planejado para os dois — assim como alguém que se levanta da cama sem febre e amarra os sapatos para enfrentar um dia comum. Eu havia desviado o olhar da estação e examinado seu rosto e as mãos descobertas. Tudo imóvel como a carga de neve cor de cinza que no centro da praça se preparava para desabar no chão. Toquei os dedos brancos, esfreguei as palmas e ela reagiu sem o sorriso e a vivacidade que reasseguravam seu afeto. As pupilas pareciam de estanho, o busto crispado debaixo do casaco de lã, ela não olhava para mim mas para um ponto do espelho ou quem sabe para parte alguma. A inquietação era maior à medida que o relógio se movia na neblina e ela, sentada e quase inerte, abria e fechava as pálpebras como se fossem asas pesadas. Nítido como um facho de luz passou por mim o gesto com que o médico examinou o fundo dos seus olhos e disse que estava tudo bem. O analgésico rendeu por três dias mas a dor voltou: no trem notei que ela revirava a bolsa em busca de alguma pílula. Agora eu a encarava com firmeza e agarrava seu braço para que ela se erguesse da cadeira. Por uma fração de segundo percebi que ela me fitava lúcida e desperta — um lapso de tempo em estado puro. Mas o brilho desapareceu e eu senti a força com que a flor de sangue plantada no seu crânio crescia em todas as direções. Ela não estava ali comigo, na casa de chá de Rotterdã ou Amsterdã, mas em outro lugar, que se confundia com as nuvens de gelo sobre a praça e o último apito de trem dentro da gare.

DUETO PARA CORDA
E SAXOFONE

O cinto não sustenta o peso do seu corpo. Embora ele tenha emagrecido nos últimos meses (estresse, melancolia?), o couro tem um ponto vulnerável na altura dos furos mais usados. Não adianta nada dar um nó firme com a fivela sobre o pomo-de-adão porque as fibras estalam e estouram assim que os pés descalços saltam do banco de plástico. A visão dos músculos estremecendo, principalmente as pernas, mais finas do que há três anos, quando a fluência era completa, ou ao menos parecia, sobretudo no reflexo dos vidros da varanda aberta para os tacos vermelhos do assoalho — é preciso concordar que a imagem não alegra o coração de ninguém. O que talvez substituísse o cinto com vantagem seria o rolo de corda que sobrou do barco à vela. Ele nunca ficou sabendo de quem foi o barco e o embaraço maior é que não faz idéia de em que armário a corda se enrola. O nó em volta do pescoço tem de ser ensebado com cera ou com um pedaço de vela, matéria menos rude e própria para correr lisa e sem perigo. Sem perigo — que fim de frase! Alguém disse que a condição da escrita é que a realidade perca a evidência. Deve ser verdade mas às vezes acontece justamente o contrário. É o caso do cinto neste momento, porque o couro rebentou em dois lugares quando ele puxava com mais força, depois de prender a fivela na maçaneta da porta de entrada, que é maciça. A solução sem dúvida é a corda do barco. O curioso é que, depois de achá-la, ele tomou a precaução de fazer um teste, esticando-a com as costas inclinadas para trás e nesse instante ouviu o som do saxofone. Lá fora fazia um sol esplêndido, as estrias atravessavam os vidros da porta corrediça da varanda protegida por uma grade de ferro e mergulhavam fundo nos tacos vermelhos do assoalho e no tapete de sisal. Mas a impressão mais forte é que os objetos da sala — vasos de flores, pinheiro de Natal, reproduções de quadros conhecidos, os sofás cobertos por lençóis — assumiam uma postura, ou o que quer que seja, que até pouco antes não tinham. Embora breve, a mudança o obrigou a caminhar devagar, os pés descalços, até a varanda estreita do outro lado dos vidros. A essa altura a luz resvalava nas telhas da churrascaria e nos muros baixos do bairro. Não havia vento na rua, as árvores soltavam o pó amarelo que descarregam no fim da tarde e que invade as narinas. Por fim o silêncio dentro e fora e com ele a calma inesperada. Olhou para as mãos, as unhas pretas, as veias saltadas sobre as manchas da pele, voltou a pensar no cinto, na corda, no banco de plástico, nas pernas finas suspensas no ar. Não era fácil, por algum motivo não era nada fácil. A escolha tinha sido pensada muito tempo em todos os pormenores. Viu um clarão nos cacos de vidro sobre a mureta do corredor de entrada e o grave do saxofone desceu cheio pelos seus ouvidos. De onde, onde? Não sabia da existência de nenhum instrumento de sopro naquele prédio pobre, escondido e sem elevador. Ergueu o olhar para as sacadas de cima, duas ou três haviam sumido na sombra, outras pareciam silhuetas, percebeu então a do último andar, que resplandecia. Um risco de prata tingia as grades como se fosse outra coisa além da lua: o sol tinha desaparecido e a noite mal se anunciava. Seriam as chaves do sax? Alguma disposição das nuvens depois que o dia terminara? Simplesmente nada — era isso o mais provável. Deixou a varanda, cruzou de punhos fechados a sala e foi direto ao rolo de corda do barco à vela. Ela estava perfeita em todos os aspectos. Amarrou-a na barra de aço do box do banheiro, esticou-a com energia, o laço corria bem, subiu em cima do banco de plástico e deu-lhe um pontapé. Creio que só bem mais tarde o vento vindo do pátio escancarou as janelas e espalhou os papéis da mesa sobre a trama brilhante do tapete de sisal.

PASSAGEM DE ANO
ENTRE DOIS JARDINS

Conheço esta árvore desde criança, aos sete anos subi pelo tronco cheio de nós. Quando alcancei a ramagem principal ergui o corpo apoiado numa haste de prata e olhei para baixo: o bando aplaudia. Não ouço mais os gritos e ao recuar os braços as pontas dos dedos estão vermelhas. O jardim em volta continua mudo, as flores e as palmas paradas no ar, viro-me para o trânsito e uma motocicleta dobra a esquina da rua onde morei quinze anos. Vou até lá e sinto nos pulmões a poeira grossa das noites de verão. A rua já está asfaltada. Mas bastava chover que a nuvem de pó descia e uma enxurrada de lama inundava a área da casa. Paro diante do lugar e aceno para as duas irmãs menores que cavam areia nos canteiros; elas enfiam o rosto redondo pelo portão e minha mãe vem buscá-las para o banho. No fundo da rua as lâmpadas de mercúrio empalidecem as fachadas, fico na calçada para evitar os carros que passam correndo. A primeira esquina à esquerda tem uma placa antiga e me aproximo da travessa esperando algum aviso. Ela está quase deserta e um clube de dança ocupa o velho terreno baldio; em pé no meio das mamonas a prostituta franzina atrai os homens de chapéu debaixo do poste. Ando pelo calçamento e vinte metros à frente escuto as vozes agudas dos pais mandando o filho descer da mangueira. Ele passou o dia inteiro escondido nu entre as folhas e os amigos o alimentaram por uma cesta de palha atada a um barbante; assim que chega ao chão os enfermeiros seguram os braços magros e o arrastam para a ambulância. Não há resistência e o corpo é amarrado com uma camisa-de-força; a porta branca da parte traseira bate com violência e o carro parte. Do outro lado da calçada a casa térrea dos primos está acesa e as crianças correm pela grama cortada no fim da tarde. Escondo-me no hall atrás de uma pilastra dourada e na ponta dos pés vou até o portão de saída; ele está emperrado e salto para o lado de fora sem que ninguém descubra. Atravesso a pista e dou com o bangalô pintado de branco e azul; a família veio para as férias de fim de ano e pelas janelas acompanho os movimentos da filha mais velha. Ela é esguia e ao perceber que estou apaixonado vira as costas para impedir minha entrada. Volto para casa sem saber o que faço e durmo com uma dor que se amplia na garganta. A poucos passos mora a tia do meu colega de escola, estudamos na sala cheia de almofadas, ela é loira, tem os quadris largos e costura para fora. À noite sonho que estou em cima de sua carne alva e dos corpos colados brota uma espuma abundante. Mas o sobrado diminuiu de tamanho e é possível que ela tenha ido para outra cidade, por isso caminho sem olhar para trás e viro outra vez à esquerda em direção ao largo. Blocos de pedra e cimento substituem as magnólias e as trilhas de cascalho fino desapareceram. No casarão do serviço funerário o corpo de meu pai esteve cercado de velas numa manhã de novembro; isolada por um muro alto de tijolos à vista a mansão ao lado parece abandonada. A pintura caiu, a erva toma conta dos vasos, o portão enferrujou, seria uma surpresa ver na varanda a adolescente de vestido listrado. Quando ela sai pela porta de grades verdes subo na quina da calçada para observar de perto o seu rosto; os olhos puxados já não me evitam e do canto dos lábios emerge uma curva reluzente. Sigo-a pelo jardim, o cascalho raspa a sola dos sapatos, destaco entre as sebes o nariz que desce da testa esculpida, ela apressa a marcha e entra na igreja do mosteiro. O sino bate rápido, as mulheres erguem as mantilhas e antes que eu alcance o degrau de mármore o guarda-vento mergulha na sombra: faz silêncio, os ônibus descem iluminados pela avenida, já é tempo de voltar para casa. Dobro a esquina que leva ao primeiro jardim, o largo está às minhas costas e à meia distância a árvore que conheço desde criança. É meia noite, os rojões estouram no céu baixo, as folhas e os ramos estremecem, piso na relva crescida e toco o tronco cheio de nós com a ponta vermelha dos dedos — é inaceitável aprender a morrer.

DESENTRANHADO
DE SCHREBER

Contar é o método mais eficiente que consegui desenvolver para impedir a manifestação dos urros; tanto que eles emudecem assim que o cortejo dos números parte do cérebro para a boca. O avanço é decisivo em primeiro lugar porque desmente a versão de que sou um idiota incapaz de pensar; em segundo porque é desse modo que concilio o sono. Na realidade só quem emite uma sucessão de urros na hora de dormir sabe a que ponto o fenômeno é inoportuno. No meu caso ele muitas vezes me faz pular da cama, pôr os chinelos, girar nos calcanhares e cumprir uma tarefa suficientemente clara para provar que sou um ser racional — por exemplo enumerar os reis da França ou fazer e desfazer nós consecutivos nas quatro pontas de um lenço.

Algo semelhante ocorre quando visito lugares públicos na companhia de pessoas educadas. Aí a intromissão dos urros nas pausas da conversa é fatal, a menos que eu permaneça contando sem parar. Com a providência o máximo que se ouve são ruídos que os interlocutores interpretam como tosse, pigarro e bocejos desastrados, ou seja: nada que se preste a um escândalo.

Em compensação fico eufórico quando passeio pelo campo: são momentos bem-aventurados em que simplesmente deixo os urros virem a mim. Nem preciso dizer que eles invadem o meu corpo como uma torrente de água enquanto o espírito se rejubila atravessado por incontáveis gritos e clarões.

É evidente que se alguém estiver observando a cena de longe pensará que tem diante de si um louco; por isso não é de hoje a convicção de que basta uma palavra para que eu suprima os urros e demonstre minha completa lucidez mental.

NO TEMPO DAS DILIGÊNCIAS

Anabela não pôde conter o olhar de espanto quando me viu na linha do horizonte montando um cavalo de raça. O luar banhava tudo de branco e as crinas batiam regularmente no meu cinturão de balas. Ao que parece eu era o único ponto escuro que se movia na trilha de prata e é provável que o prestígio do contraste animasse a alma de Anabela. Ela acompanhava as evoluções do meu cavalo como um pistoleiro precavido dorme na pontaria assim que o inimigo aparece na estrada, por isso mantive as rédeas presas na rota traçada: não era porque as narinas cor de púrpura do animal tremiam contra o céu que eu ia sucumbir aos comandos de Anabela.

A verdade é que a cavalgada durou sem incidentes até as primeiras horas da madrugada. Mas logo que os relinchos mais fortes invadiram o cenário de onde me observava, Anabela viu com espanto que era ela o cavalo de olhos claros que eu sem saber cavalgava.

O RETORNO DO REPRIMIDO

Ele tinha acabado de morder o tapete num dos seus acessos de raiva quando se lembrou de que agora já podia voltar. Ainda de cócoras arrancou com a mão trêmula os fiapos grudados no bigode branco, decepou com o dedo em riste a baba pendurada no queixo e saltou para cima seguindo a mola do braço direito disparada para o alto. Naturalmente as juntas reagiram mal mas ele não acusou a menor falha no seu desempenho — o entusiasmo da volta anulava toda possibilidade de crítica. Tanto que apenas pousou de volta no chão com braços estendidos, foi procurar o espelho no centro da sala acolchoada. Naquele momento a imagem não era muito nítida, fosse por causa da distância ou do reflexo nas botas recém-lustradas. A falta de visão era um embaraço, o que não o impedia de se contemplar, fora de foco, pelo ângulo mais favorável. De qualquer maneira gritou o seu hurra! vespertino enquanto observava o cortejo de farrapos avançando pela superfície do espelho. Com um olho e uma sobrancelha ele os fez parar; com os outros dois ficou admirando o crepúsculo que manchava de sangue as vidraças. Terminado o espetáculo bateu os calcanhares e, de ventas infladas, ouvindo o rolar dos tambores, andou até a porta. Fazia tempo que ela ficava travada por fora, mas agora ele sabia que há sempre um vento qualquer que a destrava assim que a noite cai.

OS JOELHOS DE EVA

Assim que ergui os olhos da página em branco dei com os joelhos de Eva na minha frente. Eles mantinham uma distância de meio metro em relação à escrivaninha e se abriam e fechavam como asas sob o cone de luz recortado pelo spot na sombra da sala. Embora o aspecto exterior fosse tranqüilo era inevitável que me surpreendessem, uma vez que a noite ia alta e nada justificava a presença de joelhos naquele lugar. Acontece que o romance que eu vinha escrevendo tinha chegado ao ponto crítico em que a menor falta de atenção leva ao fracasso. Nesse caso parecia natural que eu os ignorasse, conservando os dedos da mão crispados sobre a superfície da folha intacta. Na realidade alguma coisa me advertia de que o medo minava a força necessária para varar a madrugada — mas combatê-lo por quê, se a história não progredia e o desfecho me acabrunhava?

Foi pensando nisso que resolvi corrigir a posição do tórax e recuar as costas até o espaldar da cadeira, providência sensata em vista do estresse na coluna; as conseqüências é que foram inesperadas. Pois apesar de discreto o afastamento do meu corpo produziu nos joelhos de Eva o ato reflexo que a obrigou imediatamente a cruzá-los — e nesse instante os dois mergulharam numa aura inusitada. Não preciso dizer que o espanto foi sério demais para ser desprezado; tanto que tirei o relógio do punho, pus o lápis no aparador, pensei um pouco e saltei sobre os joelhos de Eva convencido de que a verdade está nos detalhes.

CAFÉ DAS FLORES

Estacionei o carro junto à calçada em frente ao Café das Flores e vi que ela estava esperando em pé debaixo do toldo de lona. O rosto era o mesmo daquele mês de outono crespo e frio como as rugas que desciam em cortes de navalha até a boca franzida num dos lados. Para ganhar tempo pisei no acelerador antes de desligar a chave de contato, subi os vidros laterais e ao pôr o pé na pista examinei as poças d'água nas fendas do asfalto. Subi na calçada medindo os passos e só enfrentei o olhar dela depois de ajustar o boné azul-marinho que combina com o meu suéter de lã. Seu rosto continuava empinado sobre duas estacas e a bolsa de couro a tiracolo balançava na altura dos quadris amassados nas calças jeans. À primeira vista o que mais chamava a atenção eram os olhos de borracha refletindo nas órbitas o néon vermelho do Café. Antes de cumprimentá-la apontei para a mesa vazia perto de uma janela de vidro que abre para o movimento da rua. Ela entendeu o sinal mas se dirigiu a outra mesa no canto da sala; desinteressado em argumen-

Para conhecer os nossos lançamentos,
cadastre-se no site:
www.companhiadasletras.com.br
e receba mensalmente
nosso boletim eletrônico.

Boa leitura

tar, segui-a e sentei-me à sua frente na cadeira de ferro batido. É possível que tenha passado muito tempo sem que alguém dissesse alguma coisa — o garçom de peito engomado quebrou o silêncio trazendo os cardápios. Ela desviou a mira da minha barba escanhoada e pediu um expresso curto; animado pela idéia escolhi um café carioca com espuma de leite. Não há dúvida de que estávamos concentrados, pois ficamos segurando o cardápio até as xícaras pousarem no tampo de mármore junto com o açucareiro. Tenho a impressão de que foi ela quem começou a falar porque fui o primeiro a sentir as pálpebras picadas pelos espinhos que vinham dos lábios curvados em forma de arco. Passei o lenço nos olhos convencido de que não podia perder o humor por causa de uma ninharia. Acredito que essa inércia atiçou suas energias, uma vez que os arrebites de aço zuniram no ar e traçaram o "x" que ia da ponta das minhas sobrancelhas às extremidades do maxilar. Pode ser que nesse instante eu a tenha levado a sério protegendo com o guardanapo o alvo mais vulnerável das retinas. Ainda assim consegui vislumbrar grupos de adolescentes que numa travessa próxima travavam uma batalha de *tchacos* e estiletes. A cena não interrompia o curso das coisas na mesa do café, que agora ganhava em nervo e intensidade. Foi estimulada por isso que ela abriu o zíper da bolsa a tiracolo e sacou do fundo uma sevilhana nova em folha. A lâmina cintilou na minha direção embora eu não julgasse aquele queixo rombudo compatível com a arma proibida no bairro. De qualquer jeito para mim não havia o que fazer senão levantar os braços e receber os talhos nos punhos para evitar um mal maior. Estava à mercê dos acontecimentos e essa circunstância exigia um sentido de adequação que as palavras eram incapazes de garantir. Reconheço que ele foi o único a livrar minha carótida de um risco fatal: erra quem imagina poder aplacar com paliativos a fome de uma fúria. As asas que subiam dos cabelos de cobre confirmavam a apreensão: em rápida seqüência elas me derrubaram da cadeira, recobraram o ímpeto voando para o teto e depois se abateram a prumo sobre o peito e o baixo-ventre. Só escapei ao sacrifício invocando os bons momentos que havíamos passado em épocas remotas ou recentes nos cômodos mais resguardados. O intervalo de memória permitiu que eu saltasse do chão, pusesse a cadeira em pé e pedisse ao garçom outro café carioca com espuma de leite. Senti que o líquido escorria quente pela garganta e nesse nível de conforto avaliei de novo a situação. Minha esperança era que os assaltantes que invadiam a casa seguidos por um cortejo de mendigos chegassem à nossa mesa e nos forçassem a sair dali sob os gritos e os canos serrados das espingardas calibre 12. Percebi então que tudo não passava de uma quimera porque as viaturas da polícia fechavam a calçada com as sereias abertas. Logo que o tiroteio espatifou os vidros das janelas e as garrafas enfileiradas nas prateleiras, mergulhei o tronco embaixo da mesa e nesse momento dei de cara com as sandálias de alumínio. Presumi que eram peças de vestuário ditadas pela escassez e não me preocupei com o seu aspecto até que ela apertou as solas sobre minhas faces escanhoadas e me trincou os dentes da frente. Devo ter ficado suscetível a ponto de puxá-la pelas pernas, consciente de que ela não cederia jamais, jamais. Restava no entanto a perseverança em esperar o fim do encontro entre mendigos, assaltantes e polícia e uma vez eliminados os dois primeiros ela empurrou a cadeira para trás disposta a se despedir. Mesmo de joelhos no ladrilho dei-lhe a mão direita já azulada e tive a surpresa de constatar que ela retribuía ao gesto. Possivelmente considerava cumprida a missão daquele dia e me estendia os dedos cobertos de esporas. Não fiz nenhum comentário para não parecer aborrecido, apesar da dor que escorria das feridas para o piso como um cacho de lágrimas. A realidade é que o tempo urgia: vendo-a lá de baixo atravessar a porta de saída, calcando sob as sandálias pedaços de roupa, estilhaços de vidros e cápsulas detonadas, saí do esconderijo, limpei o suéter como pude, ajeitei o boné e reconciliado com a vida fui cambaleando para o carro estacionado junto à calçada em frente ao Café das Flores. Ao abrir a porta perfurada pelas balas perdidas ergui a cabeça e vi que no céu de Pinheiros uma lua de sangue brilhava no silêncio eterno dos astros. Como as imagens poéticas não mudam o mundo, dei a partida e fui para casa aliviado por não pensar em mais nada.

41

Meus braços resolvem atos
Cada um para o seu lado

BENS FAMILIARES

Naquela época a única coisa que me distraía à noite era o carrilhão da sala: a regularidade das batidas me fazia companhia nas horas mortas. Além disso o toque suave impunha um ritmo consciente ao meu trabalho. Chegava a considerar o objeto essencial ao meu dia-a-dia, pois era o que me restava dos bens familiares.

O problema é que ultimamente eu vinha notando nele um som alheio ao seu mecanismo: embora se tratasse de um aparelho de precisão era inegável que um engasgo substituía o intervalo entre as badaladas. Por mais que eu prestasse atenção ao que estava acontecendo, não conseguia atinar com a causa do defeito. Pensei logo em má lubrificação ou encavalamento das engrenagens, mas a verdade é que nada disso me satisfazia — em grande parte por causa da qualidade do ruído. Apesar de discreto ele era discernível à distância, emergindo na nona batida com um timbre gutural. Isso ficava mais evidente a partir das dez horas, quando as paredes do apartamento resguardavam os cômodos num silêncio compacto.

A princípio não dei muita importância ao incidente; aos poucos porém a simples expectativa do momento me fazia entrar em ansiedade. Evidentemente eu me continha o mais que podia, fixando-me nos números dos relatórios comerciais. Inútil, porque à medida que a noite avançava eu já não me sentia capaz de ficar sentado e fumava um cigarro atrás do outro. Andava compulsivamente pelo quarto, perdido em pormenores dispensáveis. Foi assim que passei uma noite inteira empenhado em cobrir as frestas da porta com chumaço de algodão e roupas velhas. Em virtude da umidade, ela está empenada e range à menor corrente de ar; meus esforços para calafetá-la sempre fracassaram porque em Perdizes venta muito forte. Em vista disso fui obrigado dessa vez a me encolher num canto e a tapar os ouvidos para não escutar o engasgo multiplicado pela vibração da madeira. Devo ter ficado horas na mesma posição, já que ao voltar para a escrivaninha minhas juntas latejavam feito feridas.

Prevendo que a situação poderia piorar, achei melhor observar o fenômeno de perto levando uma barra de ferro para qualquer eventualidade. Lembro-me de que nesse dia afundei no sofá da sala assim que cheguei em casa. Deveria ser pouco mais de dez horas e eu estava exausto da tensão e do trabalho da última semana. Com o livro na mão, lendo sem ler, fiquei ao lado de um abajur, aguardando a batida das onze. Não me suponho nervoso mas algumas contrações bruscas nos joelhos denunciavam meu estado de ânimo. Cruzei as pernas para evitar o embaraço e reconstruí o tempo em que o relógio de parede ocupava o lugar de honra da nossa casa. Ele era venerado por toda a família e só meu pai podia dar-lhe corda de quinze em quinze dias. Creio que já naquela ocasião meu maior desejo era um dia tê-lo para mim. A cobiça era acatada sem muito rancor porque sendo o filho mais velho cabia a mim o privilégio. Envolvido na recordação não reparei que os ponteiros já marcavam onze horas. Quando o carrilhão começou a soar, levantei-me em pânico e saltei para a frente do relógio. A luz da sala era fraca mas isso não impedia que o mostrador brilhasse. Tenho ainda presente que os metais e o esmalte branco formavam no conjunto uma cabeça — o rosto de um velho superposto ao meu. Surpreendido pela cena recuei instintivamente — o suficiente para agarrar a barra de ferro na mesa de centro. De posse dela avancei sobre a caixa e estraçalhei-a com meia dúzia de golpes. Ao ver o badalo de ouro deslizar no chão apalpei a minha carne e constatei com espanto que ela continuava sólida como antes.

A FORÇA DO HÁBITO

Não sei em que momento a cama passou a participar do meu corpo; provavelmente à noite, quando ele está mais propenso à entrega. O fato é que eu não a sinto como um objeto desgarrado: meus pés se prolongam nos seus e o estrado corre por um trilho ao longo da coluna. Isso torna claro que trocar de posição deitado demore, e que o simples ato de sair da cama exija de mim operações penosas.

Ao contrário do que parece, no entanto, as peças não estão ajustadas ponto por ponto. Essa circunstância prejudica o contato entre as partes mas tenho que admitir que só ela abre a possibilidade de conexões novas. Sendo assim, acho normal o emprego de encaixes removíveis da cabeça aos calcanhares. Pois a rigor é através deles que consigo me ligar ou desligar a hora que quero.

A dificuldade é que de uns tempos para cá as molas do colchão suportam meu peso com o silêncio obstinado de um criado-mudo. Por mais que me esforce não encontro nenhuma explicação para esse constrangimento. Mas imagino que o mal-estar diga respeito a uma falta de reciprocidade de que já não posso ser acusado.

PONTO DE VISTA

Faz anos que passo os dias agachado embaixo da mesa. É claro que a posição é incômoda para quem trabalha: ainda hoje sinto uma dor aguda no meio das costas. Isso não impede que eu me adapte ao desconforto; pelo contrário o processo de ajustamento sempre despertou em mim energias inusitadas. Tanto é que houve épocas em que a dor só se manifestava nas horas de repouso. É verdade que me perseguia de perto: se o meu desempenho diminuía ela atacava de novo. Em vista disso era previsível que eu me esforçasse ao máximo: a providência me assegurava uma jornada tranqüila e o aumento da produtividade.

Pode parecer estranho que alguém funcione agachado. No meu caso a postura era indicada, uma vez que me protegia das distrações usuais. Como se sabe elas interferem numa tarefa que precisa de fluência. Assim o ruído do sofá na sala vizinha ou a presença de um raio de sol no teclado podem desviar um escriturário. Ele se deixa embalar por apetites que nada têm a ver com as fronteiras do seu ofício. Por causa disso não é raro surpreender um chefe de seção de olhos espetados na janela ou um office-boy apalpando o fundo do bolso: na certa estão à procura de alguma novidade. O que nisso tem o ar de coisa permitida não passa de ilusão, pois no conjunto esses comportamentos refletem desprezo pelo real. Noutras palavras a tendência ao sonho tem a carga nefasta de um protesto. Aceitá-la é dispensar os atos necessários à manutenção do contínuo social. Talvez por esse motivo ele suprima a digressão e seus derivados à medida que se constitui.

Ao contrário do que se supõe, trabalhar agachado compensa muito mais do que molesta. Já me referi ao incremento da produção ligado à dor nas costas, mas isso não basta. É preciso acrescentar que as pontadas incitam à integração dos objetos. Creio que o fato se deve à redução do ângulo visual por parte do sujeito. Para ser mais explícito, a posição forçada da cabeça e do pescoço leva a um aprimoramento do contato com o mundo. Este se faz mais rigoroso à proporção que seu tamanho decresce, possibilitando a percepção ideal de quem olha. Nesse sentido não admira que os clips caídos no assoalho emitam reflexos tanto mais nítidos quanto mais numerosos eles são. Acresce que a teia de raios metálicos encontra na parte interna da mesa a tela adequada às suas projeções. Embora o desfrute dos desenhos coincida com um descaso transitório pelos números, não se pode negar que eles estimulam um apego à matéria industrial — de tal maneira que no jogo silencioso confluem as esferas do prazer e do trabalho.

O que no caso é verdadeiro para os objetos isolados adquire dramaticidade naqueles que aderem às pessoas. Exemplo disso é o fascínio que as barras das calças de um inspetor qualificado exercem sobre a mente de quem está agachado. De fato há um nível em que elas deixam de ser meras peças de vestuário para encarnar as dobras do poder. Quem as observa de perto pode entender o que estou dizendo. Pois é evidente que das fímbrias à costura uma aura as envolve como um facho solitário.

Se esse fenômeno é válido para as calças, tanto mais para um par de sapatos. Em primeiro lugar, porque eles aparecem inteiros, o que não ocorre com uma roupa vista de baixo. Em segundo, porque a textura do couro adere sem mediações à concepção do que é duro e impermeável. Além do mais, a circunstância de se adornarem os sapatos com fivelas à moda antiga é um sintoma de que eles se destacam do meio que pisam. A coisa fica mais à mostra para aqueles que os examinam a meio metro de distância. Quem os enxerga brilhando não pode evitar que um calafrio lhe cruze a espinha com toques premonitórios.

* * *

Sem dúvida o que aconteceu há quinze dias confirma a procedência desses pressentimentos. Lembro-me de que estava agachado no meio da tarde e concluía um relatório sobre gastos orçamentários. Apesar de nunca ter captado o conteúdo dessas demonstrações — elas são elaboradas por outros que trabalham debaixo de mesas como eu —, os gráficos têm uma singeleza que comove. Pode ser que eles não interessem aos meus colegas de repartição, aos quais de resto mal cumprimento. Sou tão subalterno quanto eles, mas a antigüidade no posto me confere uma distinção que lhes falta. Em geral são jovens dissipados e distraídos que ainda não reconheceram o alcance da própria posição. Seja como for, naquela tarde dei o melhor de mim mesmo, superando meus índices de aplicação. Certamente o motivo básico do empenho era a incidência da pressão nas vértebras; mas não posso esconder que minha dedicação também derivava da importância atribuída àquela incumbência. O rádio de pilha que trago no bolso falava de um anúncio iminente da contabilidade pública: por si só, ela era capaz de provocar atritos partidários. A princípio não liguei os fatos, mas ao me aprofundar nos pormenores percebi que tinha nas mãos a peça final do documento. Movido pela descoberta, concentrei nela toda a minha atenção, acabando por pinçar na trama dos dados vícios palpáveis. No fim do expediente coloquei os papéis corrigidos na cesta que fica diante da minha testa e puxei o cordão que a transporta pelo ar até a mesa da chefia. Esperei com serenidade o pronunciamento superior imaginando palavras de estímulo a um trabalho diligente. Penso que esse tipo de devaneio seja comum à média dos funcionários — o que não lhe retira a pecha do supérfluo. Acontece que não conheço recurso mais duradouro para preencher as horas vagas de quem vive agachado, uma vez que nessas pessoas a consciência do próprio corpo é quase intolerável. Tenho ainda presente que lutei para conter o lance de dispersão mas a todo instante me pilhava polindo uma medalha na gola do paletó. Como ele anda sempre amassado, a fantasia compensava o mal-estar. Foi mergulhado nela que levei o pontapé na base do tronco. O impacto foi tão firme que me estirei na sala; ainda atordoado percorri-a com os olhos pela primeira vez: fiquei surpreso com tanto espaço. Na realidade eu estava confinado a contornos que iam do tampo da mesa às paredes laterais e o assoalho. Sendo assim era plausível que do meu cubículo eu não suspeitasse da amplidão lá fora. Entretido nesse raciocínio esqueci as contrações musculares — sem me perguntar inclusive por que estava estendido no chão. Só me dei conta do foco dolorido e do dorso deitado quando ouvi a voz que me descompunha; pode ser que me engane, mas a impressão é de que ela chegava do alto.

Não sou suscetível aos delírios persecutórios, por isso acato com naturalidade o fato de estar sendo desfuncionalizado. Realmente há mais de uma semana não desce à minha frente a cesta de papéis que alimenta minha atividade. Isso me acabrunha: com mágoa nos olhos verifico que meus colegas continuam debaixo de suas mesas cercados de petições. Às vezes julgo que a má distribuição diz respeito à rapidez com que me desincumbo dos meus afazeres ou à possibilidade de ter diminuído o fluxo burocrático. É possível também que o prêmio que fantasiei tenha vindo na forma de suspensão das minhas tarefas. É claro que nada disso me consola, visto que a falta do que fazer só serve para agravar meu padecimento. É só dizer que fico gemendo o tempo todo acossado pelas pontadas. Elas têm se irradiado para a nuca e para os lados com absoluta impiedade. Para não ter de gritar, escuto música de câmara sempre que posso: os tons suaves me acalmam; além do que, distingo nos acordes a beleza das cifras oficiais. O mais curioso é que em certas horas chego a computar as notas musicais como quem realiza operações aritméticas. Naturalmente continuo no mesmo espaço apertado onde as colunas de madeira suportam a minha angústia. A diferença é que a dor no lombo agora modela meu ócio como um ofício: a tanto conduz a complacência de um corpo acuado.

ENCONTRO

Quando pisei no viaduto senti que a noite tinha chegado. Pois embora eu ainda guardasse na memória a imagem de um dia cinzento, era evidente que as nuvens tinham desaparecido atrás de mim. Talvez por causa disso o cenário à minha frente parecesse tão nítido: os arranha-céus mantinham as luzes acesas e os faróis se multiplicavam nas pistas do vale. A diferença é que eu não escutava nem de longe o ruído das buzinas e os pneus rodavam sem barulho pelo trançado das ruas embaixo. Suponho que mesmo os anúncios de néon se mexiam no alto com gestos policiados.

Foi nessa atmosfera recuada que o relógio do mosteiro começou a bater; mas o som fora de lugar aderiu logo aos reflexos do mercúrio no chão. Entretido com o espetáculo não contei as badaladas; só mais tarde verifiquei que eram seis.

Apesar da hora, o viaduto estava vazio — a meu lado a amurada de ferro parecia morta. Cheguei a tocá-la com a ponta dos dedos prevendo que as hastes não acusavam a menor vibração. Certamente o motivo era o mês de junho: a temperatura tinha baixado e as pessoas não se arriscavam a sair de casa nos fins de semana; as que eu vi de perto passaram encapotadas.

Inseguro por não estar agasalhado ergui automaticamente a gola do paletó; no meio do viaduto o vento levantava para o alto algumas folhas de jornal. Ao esfregar a nuca nas fibras do tecido senti falta do velho cachecol de lã. Há muito tempo não me lembrava dele, nem sabia onde o tinha abandonado; entretanto a cor dos fios e a qualidade do contato com a pele me despertavam para uma perda intolerável. A sensação foi aguda a ponto de enxergá-lo a poucos metros de mim.

A princípio fiquei parado na expectativa de que a visão se desfizesse; sou sensível a coincidências desse tipo, por isso não me entrego à primeira que aparece. Mas o fato é que os minutos iam passando — já soava o primeiro quarto de hora no mosteiro — e o cachecol não se dissipava diante dos meus olhos. Eu recompunha lentamente seus detalhes; as dobras e a costura tinham os mesmos relevos e era possível ouvir o estalo magnético da malha nas épocas de muito frio: sem dúvida ele estava ali.

Pressionado pela surpresa, não me dei conta de que também as costas e o pescoço se moviam à minha frente; eles se dirigiam ao espaço aberto em que o viaduto domina o vale. Agora o couro dos sapatos ecoava na estrutura de metal e a agitação lá de baixo subia à altura do parapeito. Sem me virar para os lados eu recebia a corrente de ar na barra das calças; breve ela chegaria aos meus cabelos. À minha esquerda balançavam as roupas estendidas nas janelas dos apartamentos; os escritórios pareciam desertos nos andares iluminados.

Provavelmente por instinto o homem à frente andava mais rápido; eu o seguia com os olhos grudados no cachecol. Quando alcançamos o ponto em que é iminente a vertigem no viaduto, senti que havia chegado o momento da decisão: saltei sobre os ombros que fugiam e rolei na calçada segurando o cachecol entre os dedos; o baque do corpo se transmitiu às vigas de ferro e ficou ressoando em cima das pedras da praça. Foi então que o rosto se voltou para mim e me fitou com interesse do fundo das pupilas; custei a identificá-lo pois estava quase sem fôlego e constrangido a olhar do chão contra a luz. Mas a confusão durou pouco porque nos traços remoçados eu reconheci o sorriso que me acompanhou no primeiro contato com esta cidade.

MATILDA

I.

Desde o início achei que os pés de Matilda eram grandes demais; vistos contra a parede eles pareciam dois píncaros distantes. Pode ser que algo parecido acontecesse com as mãos, mas a verdade é que eu as cobria sem o menor esforço. Isso explica que ambas existissem sem aura para mim. Além do que as mãos de Matilda eram rudes — nunca as surpreendi num rompante de lirismo. Acredito mesmo que fossem incapazes de qualquer leveza pois em geral mostravam-se práticas e taciturnas.

Com os pés a coisa era bem diferente: assim que os enxergava nus, agitando os tendões como asas submersas, eu entrava em ansiedade. Não foram poucas as vezes em que, ao dar com eles dispostos a decolar, tive ímpetos de me jogar embaixo da cama. Nunca o fiz porque desde a adolescência me habituei ao controle dos afetos.

À distância porém o fenômeno adquire um aspecto menos drástico. Com certeza a mudança de ênfase se deve à passagem do tempo: hoje nada mais resta daquele ano de paixão. Mas reconheço que a explicação possa ser outra. Pois pensando na majestade dos pés de Matilda vejo que se tratava de um fato objetivo. Basta dizer que ao me aproximar deles no meio da noite eu invariavelmente escutava um sussurro de neve entre seus dedos.

Essa tranqüilidade assombrosa contrastava com os trejeitos de Matilda na cama. Obrigado a encarar a cisão todos os dias, nada mais previsível que eu me intimidasse: ainda me inquieto quando falo dela. Seja como for, o mal-estar não evita que eu enfrente o problema. Sei de antemão que nesse terreno dúbio as hipóteses mais fecundas são as menos óbvias.

Por essa razão talvez não seja exagero achar que meu pânico nascesse de uma necessidade interna de anulação. É provável que Matilda tenha percebido isso quando me viu acuado perante seus pés. Uma vez que não era dada a escrúpulos, passou a usá-los como instrumento de dominação. Chego a imaginar que o metal dos seus olhos brilhava assim que ela se despia em frente ao espelho.

Evidentemente ela sabia que eu a observava de trás: seus gestos se tornavam parcimoniosos e límpidos nessa hora. O traço de caráter não teria me impressionado se eu não fosse vulnerável nos lances de amor. Como defesa eu me concentrava ao máximo para transformar em abstração o conjunto dos seus movimentos. Eles se duplicavam no espelho com a agudez de um sulco; enquanto isso eu me apegava como podia à tarefa de esvaziá-los de sentido. Aos pou-

60

cos no entanto minhas resistências desabavam: atormentado pela multiplicidade de braços e pernas eu me atirava na cama observando o risco do meu pulo no ar. Era nesses momentos que a autoconsciência de Matilda chegava ao auge. Se bem que eu não entenda direito o que acontecia, ela ficava ágil e deslizava o olhar até meu corpo espalhado no colchão. Então sem dizer uma só palavra apoiava os pés na beira do estrado e descalçava as meias. Ao divisar os picos de gelo a tão pouca distância dos meus cílios eu me entregava ao pavor a ponto de perder a voz. E era remetido à própria mudez que assumia a superioridade de Matilda sobre mim.

II.

Para entender minha relação com Matilda é necessário lembrar o espaço onde ela se dava: o apartamento da Vila Madalena. Visto na superfície ele não era diferente dos outros: sala em L, dois quartos, cozinha, a cada canto paredes e janelas. Mas havia em tudo isso uma peculiaridade: o tronco do L era sustentado na base por um corredor esguio. Impossível não se perder ali; pois nessa região começavam as portas. Atravessá-las sempre me pareceu um experimento exploratório numa caixa de surpresas. Como eu era afoito nas minhas tentações, mais de uma vez fiquei preso num daqueles cubículos. Quase todos tinham a aparência de obra em construção, porque os canos de parede permaneciam expostos e o piso cheirava a concreto. Acresce que a umidade nesses lugares era constante, o que contribuía para seu ar de desolação. Isso justifica que eu tivesse acessos de tosse dentro deles; mas a causa da tosse poderia ser outra, uma vez que só ouvindo-a Matilda conseguia me localizar.

Mas era raro que as operações de busca não demorassem e que Matilda já me encontrasse sem fôlego. Essa circunstância não a impedia de ficar furiosa comigo: mesmo sabendo que eu não estava bem, suas descomposturas eram severas. É verdade que passada a raiva ela me carregava nas costas e me deitava quase desmaiado na cama de casal. Então me esfregava a cabeça e o peito com uma toalha enxuta até que o sangue corasse minha pele. Havia ocasiões em que me obrigava a fazer uma inalação complementar para desobstruir o nariz mas o importante não era isso: arrependida do que tinha feito ela se tornava terna e me cobria de beijos.

Nesse instante a balança pendia para o meu lado. Sem a menor hesitação eu me aproveitava da vantagem e me estirava no lençol como se fosse o dono da casa. Matilda pressentia o que estava mudando e se encolhia intimidada num canto do quarto. Enquanto eu me recompunha para deixar bem à mostra as botas de couro e a fivela da cinta, ela começava a choramingar. Creio que para aquele rosto miúdo eu tinha o volume de um déspota pronto a tiranizá-la.

O fato é que nada disso me interessava. Pelo contrário, era nesse passo que eu me agachava e punha o braço peludo em cima dos seus ombros nus. Ela recebia o choque da minha pele na sua e erguia para mim os olhos espantados e azuis. Já reassegurada, passava a mão sobre meu punho e dizia alguma coisa amável com a voz esganiçada. Movido pela generosidade, eu me levantava com todo o peso do corpo e a puxava pelos braços até a altura do peito. Ela ficava instalada nele para que a lã do meu pulôver lhe restituísse a temperatura habitual. Íamos então de mãos dadas para a sala e sentávamos no sofá com a decisão de analisar o que estava acontecendo.

III.

Essa atmosfera de calma só era rompida pela agitação nos armários — e aqui intervém outro fator indispensável à compreensão do apartamento e da vida que nele se mexia. Não que os armários tivessem algo especial; eram móveis comuns destinados a funções cotidianas como guardar louças, roupas, material arcaico e de escritório. Acontece que entre os objetos familiares se imiscuíam outros cuja serventia se desconhece. Certamente por essa razão eles tinham o aspecto sinistro das coisas sem nome; dificílimo descobrir como e de onde apareciam. Explicando melhor: embora pudessem adotar os contornos de uma chupeta ou de uma faca enferrujada eles não eram nada disso; tinham antes o ar de imagens esquecidas. O mais grave é que possuíam vida própria e atravancavam gavetas e prateleiras até rebentá-las. Em grande parte isso esclarece que o apartamento parecesse abarrotado.

A situação piorava principalmente nos feriados e fins de semana, quando o ritmo da rotina diminuía e o lapso de folga aumentava. Nesses dias os cômodos eram invadidos por coleções ruidosas de coisas imprestáveis; com o passar do tempo era impraticável andar de um lugar para outro. Matilda fazia o que podia para varrê-los da frente; o máximo que alcançava era empilhá-los num quarto de despejo; meia hora depois estavam todos de volta. Sem dúvida o esforço era grande demais para resultados tão pouco animadores. Depois de alguns dias de empenho, Matilda estava esgotada e chorando no meu ombro. Eu procurava compensá-la de todos os modos; inútil, porque a algazarra prosseguia.

IV.

Não é difícil prever que o transtorno começou a interferir diretamente na nossa intimidade: já não tínhamos espaço suficiente nem para amar, sem dizer que nossas conversas eram absorvidas pelo barulho. A crise foi ao extremo de pensarmos numa separação. Matilda desconfiava que a proliferação dos trastes tinha muito a ver com os encontros amorosos; sozinha jamais os notava.

O impasse estava colocado quando um golpe de sorte veio resolvê-lo: estávamos deitados e não conseguíamos nos tocar por causa de um boneco de engonço. Por mais que nos esforçássemos para tirá-lo do caminho ele rodopiava entre meus braços e os dela. A resistência das molas era tão poderosa que acabamos desistindo de jogá-lo pela janela. Foi em meio ao desânimo que me ocorreu perguntar a Matilda se o conhecia de algum lugar. Era tarde da noite e sua boca estava amortecida de gritar com o fantoche; apesar disso respondeu que sim, que o conhecia: era um presente de infância. Matilda tinha descoberto o boneco numa vitrine e ficou apaixonada por ele; a mãe não quis comprá-lo e ela caiu de cama. O pai, quando soube, correu para a loja, comprou-o e introduziu-o sob suas cobertas; ao acordar com ele nos braços a felicidade de Matilda foi indescritível.

Tive a sensação de que o boneco acompanhou com o pescoço todos os lances da explicação; mas admito que àquela hora o cansaço estivesse me fazendo ver coisas. De qualquer modo pude verificar que o fôlego dele cedeu, pois a distância entre mim e Matilda acabou.

Essa contingência me fez suspeitar de que a chave para neutralizar os objetos indesejáveis era contar sua história. É claro que nem todos caíam na armadilha, seja porque a história era mal contada, seja porque se tratava realmente de outra. Mas o efeito foi compensador, porque em alguns meses Matilda e eu dormíamos juntos sem a intromissão de terceiros.

V.

Atrás da porta um sopro torpe desmascara os objetos mais familiares. O poeta que escreveu isto sabia do que estava falando. No que me diz respeito vivi com Matilda a estranheza do usual. Isso significa que num dado momento a simples vontade de tomar um copo d'água podia tornar-se um problema. Foi o que sucedeu logo na primeira semana da nossa vida em comum. Livres de qualquer compromisso com o mundo, nós tínhamos passado a tarde de domingo na cama; no fim do dia estávamos satisfeitos e com sede. Matilda ofereceu-se para ir buscar água na cozinha; aceitei porque não confiava na minha capacidade de fazê-lo.

Preciso esclarecer que não me considerava apto às tarefas práticas: não é de admirar que as deixasse para os outros. Mas essa inércia me fazia mal — de uma tal maneira que o sentimento de culpa me identificava junto à maioria das pessoas. A coisa chegava ao cúmulo de não ser reconhecido por elas nos meus períodos de produtividade, uma vez que o rendimento satisfatório extinguia a culpa.

Naquela época eu andava pouco criativo; não conseguia rabiscar uma linha. Meu convívio com Matilda era tão absorvente que não me sobrava tempo para outra coisa senão amá-la. Não que essa atividade me causasse desgosto; ainda hoje gosto de Matilda e não me arrependo de nada do que fiz com ela. Mas o dado real é que eu estava com a consciência mais pesada que meus membros inferiores: estes tinham sido solicitados horas a fio e agora acusavam um torpor alarmante.

Penso que estava examinando com pesar o estado do meu ventre quando ouvi o primeiro grito de Matilda. A princípio julguei que se tratasse de mera projeção: é o que acontece sempre que estou desolado. Mas assim que ela gritou pela segunda vez concluí que havia algo errado naquele apartamento. Ainda deitado aspirei um pouco de oxigênio no tubo ao lado da cama; já refeito, calcei os chinelos e iniciei a travessia até a cozinha. Embora não dominasse a planta do apartamento eu conhecia as portas que davam acesso àquela parte da casa; orientado pelos gritos de Matilda me vi afinal na área de serviço; dali para a cozinha era um pulo.

Por ter pulado de mau jeito perdi um dos chinelos: vi o caindo quinze andares até o pátio do prédio. Felizmente eu estava a salvo; faltava só resgatar Matilda. A palavra *resgate* de fato cruzou minha mente naquela hora: levantei os olhos para o pedaço de céu em cima da cabeça e divisei um helicóptero voando sobre os tetos da Vila Madalena. Era um bom sinal; espicaçado por ele, galguei a mureta da área de serviço e caí de cócoras diante da porta dos fundos. Os gritos de Matilda continuavam me guiando, só que mais fracos; presumi que ela estivesse exausta como eu. Ergui o corpo com esforço e tomei distância para arrombar a porta; a medida foi desnecessária porque o vento a abriu naquele instante.

Dentro da cozinha estava mais escuro do que comumente por causa do nevoeiro de junho: eu me movia a poucos centímetros dos cabelos de Matilda. Um pouco abaixo da mancha castanha enxerguei seus olhos arregalados e a boca completamente aberta. Só entendi o motivo da atitude inusitada quando dei com uma manga de camisa arrastando Matilda para o interior do filtro. Sem pensar duas vezes agarrei o que devia ser a cintura. Meus braços não me obedeciam e em poucos segundos Matilda mergulhou pela tampa.

Passado o choque inicial, localizei-a sentada numa sala interna do recipiente. Em frente ao penhoar escarlate um homem de cabelos grisalhos agitava os braços. Provavelmente era o pai; reconheci-o pelas paredes de cerâmica, porque no dia anterior Matilda me havia mostrado uma fotografia sua. Tive a impressão de que ele a acusava de alguma coisa grave; obviamente era o que a fazia manter os punhos fechados sobre as pálpebras. A seu lado a mãe a animava dando-lhe tapinhas na nuca. Encostei com cautela o ouvido na jarra para escutar o que o pai estava dizendo; captei apenas o rumor da água fluindo. Pude notar que havia outras pessoas presentes ao ato; o que mais me chamou a atenção foi que todas apontavam os anéis de casamento na direção de Matilda. Uma delas, vestida de preto, chegou a tirar a aliança do dedo e a projetá-la para o alto; um instante depois ela tilintava no chão da cozinha. Cedi ao impulso de ir apanhá-la no ladrilho e devolvê-la à mulher mas logo percebi a inutilidade do gesto — acompanhar a cena me custava o maior esforço. Quem sabe isso se devesse à circunstância de ela estar se aproximando do desfecho; é possível entretanto que a dificuldade fosse o dia nascendo atrás dos vitrôs: com a intensificação da luz tudo se tornava mais denso, inclusive a consistência do filtro. Este ficava opaco a cada novo raio de sol; em questão de minutos não restava diante de mim outra coisa senão um vaso descascado.

Considerei que Matilda devia estar havia algum tempo de volta ao quarto; quis também ir para lá; achava-me porém tão desperto que decidi preparar o café-da-manhã; depois de colocá-lo na mesa de fórmica notei que era cedo demais para acordá-la. Na falta do que fazer fui até a sala de estar, abri a porta de entrada do apartamento e recolhi o jornal de cima do capacho. Ao passar a vista nas manchetes do dia respirei aliviado: o mundo continuava o mesmo e não havia nenhum retrato nosso na primeira página.

VI.

Suponho que tudo estaria bem agora se não fossem as duplicações de Matilda. A primeira delas teve lugar no auge do inverno. Eu tinha me ausentado o dia inteiro para cuidar de questões de família e cheguei tarde ao apartamento. Como a luz do corredor estivesse queimada fui obrigado a acender o isqueiro para encontrar a chave da porta. Creio que nesse lance esbarrei na campainha; só isso explica que a porta se abrisse antes que eu localizasse o molho de chaves no bolso da calça. O surpreendente foi reconhecer a mão de Irma na maçaneta. Fiquei abalado com a visão daqueles dedos em volta da peça de cobre mas me contive o quanto pude: ergui a valise do chão e entrei no hall sem olhar para os lados. Sabia que Matilda devia estar perto da porta; seja como for, via-me compelido a ganhar tempo antes de beijá-la no rosto. Coloquei a valise com cuidado num banco de madeira e simulei um olhar interessado na correspondência junto ao telefone. Calculava que nesse intervalo minha respiração recuperaria o ritmo normal; a pretexto de ajeitar os punhos da camisa apalpei os pulsos; já recomposto girei o corpo nos calcanhares.

Era Irma quem estava ali: os cabelos muito loiros, os olhos cintilantes — tudo aquilo a identificava na obscuridade. Para evitar uma cena abracei-a com a maior descontração. Esperava que a calma aparente encobrisse o espanto, tanto mais que não conseguia entender como Irma pudesse estar no apartamento de Matilda. É compreensível que em virtude da hora e da temperatura eu confundisse uma com a outra, com evidente vantagem para Irma. A questão é que a distância entre ambas sempre me pareceu insuperável. Irma era vigorosa e agitada, Matilda tinha um talhe fino e sensível; de mais a mais falavam línguas diferentes em timbres de voz claramente discerníveis. Embora eu não mantivesse contato com Irma desde que nos separamos, era pouco plausível que ela estivesse visitando uma desconhecida. Ainda assim meu tato confirmava que aquela pele pertencia a uma mulher e não à outra. Sem me aprofundar em nada, declarei que meu dia havia sido produtivo apesar de me sentir irritado: gostaria de tomar um banho antes de ir dormir. Distanciando-me da soleira da porta caminhei em direção ao banheiro; talvez as coisas se acomodassem na minha ausência e eu pudesse passar uma noite tranqüila.

A verdade é que estava muito amedrontado; pois como falar com Matilda vendo Irma à minha frente? Eu conhecia de sobra as agruras do seu ciúme; em função dele mais de uma ocasião estivemos próximos do rompimento. Se os atritos com Matilda tinham surgido a partir de fantasias infundadas, o que dizer de uma situação como aquela, em que a outra invadia não só o espaço do afeto como também o da casa e do próprio corpo? Seria demais para Matilda — a menos que se tratasse de um equívoco. Mas eu me examinava embaixo do chuveiro e percebia que aquele corpo era meu, que eu conservava toda a minha integridade pessoal, sem contar que tinha cumprimentado Irma na entrada.

Depois da ducha saí do banheiro menos tenso; no íntimo esperava que esfregando a cara eu solucionasse o dilema. Verifiquei logo que isso não passava de uma ilusão: ao entrar no quarto dei com Irma nua na cama de Matilda. Devo ter feito o gesto de quem entra pela porta errada e procura reparar o engano com uma demonstração de agilidade; antes do recuo a manopla de Irma segurou a toalha que me cobria e eu fiquei nu ao lado da cabeceira. Não havia outra saída senão aderir ao seu desejo; foi o que fiz. Para evitar maiores entraves apaguei a luz do abajur assim que me estendi sobre ela; no escuro eu a reconhecia por partes debaixo de mim.

Ao final estava tão convicto do que sabia, que até as

palavras de carinho eu pronunciava em outra língua; ela respondia aos meus apelos com a veemência habitual. Tive de conceder que o distanciamento não havia diminuído o ardor entre nós; pelo visto ele se tornava mais intenso na cama de Matilda. A surpresa levava à conclusão de que nossa aventura não tinha ido até o fim: a saudade impelia a articulação dos nossos gestos a um grau tal que só nos desligamos quando o dia estava clareando.

Depois dessa data nunca mais vi Irma, mesmo nos dias frios; mas a desconfiança de Matilda chegou à crispação. Não se passava um único fim de semana sem que ela me recriminasse por tê-la traído; eu me defendia da melhor maneira possível; tudo em vão. Mesmo que invocasse fatos, minhas alegações pecavam por insegurança. Matilda tinha pinças finas para entrar nessas fendas e as usava sem clemência. As discussões atingiram o limite em que não era viável mentir; uma noite eu lhe disse que havia dormido com Irma naquele quarto.

O escândalo foi maior do que eu previa, na medida em que Matilda não se contentou em me descompor. Enfurecida por eu ter violado a privacidade do seu corpo e a intimidade dos seus lençóis, ela atirou minhas roupas pela janela e me pôs para fora do apartamento. Recordo-me de que fiquei seminu no pátio interno do edifício recolhendo as peças de vestuário caídas enquanto aguardava as outras planarem até meus braços. Estava tão abatido que nem me dei conta do ridículo a que me expunha perante tantas vidraças.

VII.

Quem sabe a mágoa tenha me impedido de tomar a iniciativa da reconciliação. Argumentando comigo mesmo, eu insistia durante horas que Matilda tinha participado de tudo e que a culpa não poderia ser apenas minha: no mínimo éramos cúmplices. Foi escorado nesse raciocínio que endureci na recusa em procurá-la: não me espanta que a separação durasse um mês inteiro. Só voltei a ver Matilda quando soube que ela tinha tentado o suicídio e deixado uma carta para mim em cima do console.

VIII.

Apesar do entrecho, a carta era convencional; mas serviu ao propósito de uma reconciliação. Eu não pretendia uma conversa *in extremis* com Matilda porque o melodrama não me convinha: sabia que uma conversão histérica não era novidade em casos dessa natureza. Em vista disso não descartava a possibilidade de encontrar Matilda cega ou entrevada como represália aos meus excessos. Foi nesse estado de ânimo prevenido que dias depois cheguei ao hospital onde ela estava internada.

De qualquer modo me esquecia do quanto Matilda era maleável: ao entrar no quarto precedido pelo médico de plantão, dei com ela telefonando para uma pizzaria das redondezas; em italiano fluente encomendava um *calzone* acompanhado de vinho da casa. O sobressalto foi tão gratificante aos meus escrúpulos que fiquei com fome; adivinhando meu apetite pelo marca-passo ela dobrou o pedido e insistiu na urgência.

Jantamos juntos como se nada tivesse acontecido; o incômodo da borracha no nariz não perturbava a euforia de Matilda. A minha era ainda maior, porque cada gole de vinho desqualificava a rigidez moral.

Quando à meia-noite a enfermeira determinou que eu deixasse a paciente em paz, saltei da cama sem me lembrar do paletó no cabide nem da couraça muscular dos meus quarenta anos.

IX.

Só voltei a ver Matilda em casa — e desta vez com um pé atrás. Tendo observado no hospital que sua pele estava escura, atribuí a mudança ao efeito da ingestão de antialérgicos. Agora eu reparava que a alteração parecia mais profunda, já que no apartamento ela era outra. Isso não quer dizer que o rosto ou o resto fossem muito diferentes: eles permaneciam estáveis a despeito do conteúdo discrepante. Na dúvida resolvi que o responsável era o estilo afro do penteado e a circunstância de Matilda ter engordado na clínica de repouso: ela mostrava um esplendor irrecusável. Sem saber o que falar, no momento inicial do reencontro fiquei desfiando banalidades sobre as formas de afeição na sociedade. Por essa via desviava o olhar da aura incandescente que subia dos seus braços.

O impacto durou algum tempo; a crise se manifestou quando Matilda foi até a fruteira da mesa buscar uma manga para mim. Sem dúvida os quadris redondos, colidindo com a angulosidade estrutural de Matilda, atuavam sobre mim como uma dissociação do conhecimento; para não sucumbir à estupefação fui forçado a calcular seus movimentos. Consultando o relógio a cada segundo eu registrava os requebros sem entender o que estava acontecendo. Convencido de que a velocidade das coxas era a prevista procurei interpretar o fenômeno à luz do período carnavalesco.

Realmente era fim de fevereiro e a escola de samba do bairro ensaiava a menos de cinqüenta metros do conjunto residencial; o batuque entrava pelas persianas com a clareza de um abalo. Mesmo sob controle, meu coração batia no compasso dos surdos; mais tarde constatei que ao me sentar num almofadão de couro a bateria entrou no repique; pode ser que por isso eu tenha saído dali para me instalar no sofá. Mergulhado em caprichos subjetivos eu não assumia que os saltos dos meus sapatos pisavam nos tacos com a mesma aplicação dos ritmistas.

A diferença é que eu tinha uma noção subterrânea das condutas automáticas, ao passo que Matilda não. Basta dizer que ela voltou da mesa para o sofá com uma capa ofuscante sobre os ombros trazendo na mão direita a manga e na esquerda um cetro de rainha. Seus tornozelos inscreviam círculos criteriosamente segmentados no chão; não admira que o carpete tenha virado cor de laranja. Em volta dela o coro aclamava com estrondo o nome de Tati; empunhando o mastro com destreza Matilda projetava para cima e para os lados a carne destemida do baixo-ventre.

Nessa altura concluí que o rigor contemplativo era insustentável: não me restava outra escolha senão estender-lhe os braços. A partir daí enveredamos pelo corredor defendendo as cores da nossa ala.

X.

Na manhã seguinte viajamos para Campos do Jordão. Matilda era meticulosa nos preparativos, por isso acordou mais cedo do que precisava. Enquanto eu fazia a barba ela providenciou as mamadeiras e forrou a cestinha de dormir com uma manta azul; na sacola de lona já estavam arrumadas as fraldas, os macacões e a pequena parafernália dos remédios e brinquedos. Assim que viu tudo em ordem bateu na porta do banheiro e me pediu que transportasse a bagagem para o carro. Como dirigia melhor do que eu, ficou estabelecido que ia ao volante; afivelado à cadeira bebê-conforto tomei assento no banco da frente.

Antes do meio-dia o trânsito na estrada estava livre; o rádio anunciava que só depois do almoço o movimento deveria aumentar. Não tínhamos feito reserva acreditando que sobraria pelo menos um quarto de casal no alto das colinas. Eu preferia um chalé por causa da comodidade, mas Matilda não se importava com essas coisas; habituada ao mínimo, conseguia se arranjar em qualquer canto.

É verdade que eu não lhe dava trabalho algum; vivia da melhor maneira possível e dormia a noite toda. A fase atribulada coincidiu com a pneumonia que me levou à beira da morte. Lembro-me de que nessa ocasião Matilda se desdobrou junto à cabeceira da cama, atenta ao nível da febre e à medicação prescrita pelo doutor. Seu senso de responsabilidade era tamanho que suspendeu as aulas e ficou uma semana inteira sem dormir; quando me viu fora de perigo, estava extenuada e hostil à própria dedicação; data daí decerto sua atitude ambígua em relação a mim.

Balançando as pernas sobre o assento senti no início da viagem um reflexo atravessado dessa atitude. Pois enquanto dirigia, Matilda me olhava de esguelha impedindo que eu enfiasse o dedo na boca ou mexesse na trava da porta. Parecia insensível ao fascínio que esses comportamentos exerciam sobre mim; em vez de admiti-los, impacientava-se com eles. Creio que qualquer pessoa sensata faria o desconto necessário diante de um ato infantil, mas Matilda era implacável na repressão aos desvios de comportamento. Uma vez que eu não sabia contornar a falta de educação, o choque era inevitável; ao levar o segundo tapa nas mãos comecei a berrar.

O conflito se ampliava à proporção que a viagem seguia: cada palavra de censura que ela dizia olhando para a pista atirava uma golfada de sangue no meu cérebro; em poucos quilômetros eu estava com o rosto congestionado e a garganta lesada de tanto chorar. A roupa úmida e o sol nas pupilas me incomodavam profundamente. Nem preciso dizer que quando ela resolveu sair para o acostamento eu parecia tão alucinado quanto ela.

A tensão baixou a um estágio suportável depois que ela me trocou de roupa e passou uma camada de hipoglós nas assaduras mais recentes. Fiquei tão confortado que me estiquei no banco de trás sem soluçar; enrolando o polegar nos seus cabelos terminei a mamadeira com os olhos pregados de sono. Ao despertar estávamos em frente ao hotel; ofuscado pela luz tive a impressão de que no alto do morro brilhavam dois seios enormes; só mais tarde vi que eram rochas pintadas de branco. Matilda estava com dor nas costas e me mandou sozinho à recepção. Saltei do carro remoçado pelo ar da montanha; fiquei feliz por conseguir uma cabana para nós perto do rio. Estranhando que ela tivesse os olhos vermelhos descarreguei as malas sem incomodá-la. Depois de instalar nossas coisas nos aposentos de madeira vesti o calção e caí na piscina. Sentia-me tão à vontade que nem me passou pela cabeça dar uma espiada nos jornais.

Minha satisfação seria completa se Matilda não estivesse melancólica. Do alto do trampolim eu a observava sentada no parque com um chocalho entre os dedos; deduzi que se julgava abandonada. Procurei distraí-la com meus mergulhos, mas não pude arrancá-la da posição depressiva.

A virada surgiu no momento em que tomávamos banho juntos. Ao ensaboar-lhe as costas tive uma vertigem e a forcei por trás dentro do box. O inesperado da situação devolveu-lhe a certeza de que eu estava a seu lado. Daí por diante passou a me tratar de corpo presente.

Nas quarenta e oito horas seguintes a única recaída ocorreu à noite. Atraído pelo silêncio eu tinha decidido visitar o parque de pinheiros; Matilda já estava dormindo, com as pernas coladas ao ventre. No meio do percurso fui surpreendido por um temporal; voltei à cabana ensopado. Como precisava ir ao banheiro buscar uma toalha, era imprescindível que eu passasse pelo meio do quarto. Preocupado com o sono de Matilda abri a porta devagar e tateei alguns segundos no escuro; ao avançar rumo ao banheiro fui envolvido por um choro que vinha dos fundos. Imaginei que fosse o casal de gatos que dormia embaixo da janela; os gemidos no entanto pareciam sair dos nichos onde ficavam as camas. Prevendo um susto acendi a luz e deparei com Matilda ajoelhada no chão: ela vestia uma camisola de renda negra e esfregava o rosto nas tralhas do bebê. Com a voz apagada e o corpo todo tremendo, lamentava a morte da criança. Por mais que tentasse acalmá-la, a convulsão durou uma hora. Mesmo assim ela só parou de chorar quando eu a convenci de que aquele luto aludia a um resíduo do dia; a perda não era efetiva porque eu estava disposto a amá-la sob qualquer condição e sem o mínimo disfarce.

XI.

A realidade é que com o tempo nosso convívio estava definitivamente minado. Não que o amor tivesse desaparecido: ele existia em função do próprio desgaste. Não espanta que no fim de alguns meses estivéssemos encurralados. As reações individuais podiam ser difusas; mas todas apontavam para o isolamento.

A ruptura veio na noite de são João; tínhamos deliberado dormir na sala por causa dos rojões; além disso fazia muito frio na cama de casal. Como de costume, Matilda adormeceu logo; eu fiquei olhando as trepadeiras do biombo.

Já estava quase amanhecendo quando decidi vistoriar seu corpo: era o mesmo de sempre. Na iminência de me enternecer de novo, passou pela minha cabeça a imagem dos seus pés. Engatinhando sobre as fibras do carpete aproximei-me deles com extrema prudência. No íntimo esperava que depois de tudo o que havia acontecido ambos tivessem encontrado o tamanho certo.

O entusiasmo momentâneo me impediu de levar em consideração a má visibilidade da sala: ao levantar o cobertor de lã, os pés afundaram na penumbra. Custei a perceber que continuavam orgulhosos e esguios como dois promontórios.

Admito que de alguma forma eu os teria aceitado, porque sua imponência refletia antes uma condição constitutiva do que propriamente uma pose. A dificuldade é que mesmo ao alvorecer a neve sussurrava entre seus dedos: para observá-los tive que erguer a gola do pijama.

Lembro-me também de que o frio recrudescia à medida que se tornavam visíveis os picos mais altos. A diferença é que agora eu sentia a impossibilidade de contemplá-los com isenção, pois minha tendência natural era uma casa térrea cercada de jardins.

Foi estimulado por essa certeza que arrumei as malas e deixei o apartamento de Matilda sem me despedir de ninguém.

Fora daqui: é este meu alvo

DIAS MELHORES

1

Pelas frestas da persiana vejo o cabo da carabina e o chapéu do atirador: ele está entrincheirado no jardim da casa e se vale dos arbustos para se ocultar. Embora a noite ainda não tenha caído a arma já está preparada; basta que as luzes se acendam para que soe o clique do gatilho e partam os primeiros disparos. Normalmente eles seguem uma trajetória regular, que vai das paredes às janelas, destas até os vidros e daí para o interior da sala e dos quartos. Isso explica que as marcas de bala reproduzam o mesmo padrão, pois aparecem em pontos iguais e eqüidistantes.

2

Essa regularidade não me tranqüiliza, visto que os ataques têm um raio de ação suficientemente amplo para permitir variações. Sem dúvida a mais insidiosa é a suspensão dos tiros consecutivos que depois se descarregam em forma de rajada. Nessas ocasiões, meu único recurso é ficar de bruços no chão; enquanto a fuzilaria espatifa os móveis e as lascas de pintura voam pelo ar, não consigo fazer outra coisa senão prestar atenção na minha segurança; só me recomponho quando o clarão esmorece e os projéteis recuperam a batida habitual. Mas é inevitável que a expectativa de um novo assalto comprometa a continuidade do meu trabalho.

3

Foi pensando nesse transtorno que decidi negociar com o atirador; afinal de contas não o conheço nem adivinho o porquê de tantas investidas. Suspeito que ele não tem presentes os próprios motivos, porque se restringe a atirar. Espero com paciência que se manifeste, mas admito que não há a menor indicação nesse sentido. Mesmo as pausas entre os tiroteios não apontam para uma trégua: apenas refletem o tempo necessário à reposição dos cartuchos. A partir disso concluo que o atirador cumpre uma missão e que não cabe questionar seus fundamentos; só o faço na medida em que eles me atingem pessoalmente.

4

A grande dificuldade de entrar em contato com o atirador não reside no furor da ação e sim no fato de que nunca o vi de perto. Talvez fosse mais correto dizer que o conheço por partes, como a carabina e o chapéu. Ainda assim esse conhecimento diz respeito a detalhes dos objetos; na realidade o que eu distingo da distância é o reflexo do cano e da coronha e as abas do chapéu. Sei que estas são de feltro cinza, o que não leva necessariamente à compreensão do conjunto; quanto à arma, é visível que ela tem um design moderno e que o cabo está revestido de madrepérola; isso é tudo. Somando esses dados à impenetrabilidade das razões que impelem o atirador a me visar, o resultado só pode ser meu desamparo.

5

Certamente não me acho impedido de realizar as tarefas do cotidiano; procuro atendê-las como se nada acontecesse em torno. Quando o barulho das detonações se imiscui no ritmo do meu trabalho, recorro a chumaços especiais de algodão e tampono os ouvidos; a tática permite que eu resista até altas horas da noite; assim que o sono chega estou tão cansado que nada me perturba. É verdade que aos poucos os estampidos passam a participar de sonhos que invariavelmente se transformam em pesadelos; não posso negar porém que no dia seguinte estou pronto para outra.

6

Como vivo isolado, os tiros me fazem companhia —
tanto que sinto falta do atirador quando ele não aparece.
Suponho que se ausente para retemperar as forças; é possível no entanto que dedique os lapsos de folga à escolha de
novos apetrechos. Essa hipótese me inquieta, pois ao contrário do que parece estou em paz com o método empregado. Esclarecendo melhor: se a estratégia não muda e o material permanece o mesmo, aumentam minhas chances de
sobreviver pela familiaridade; sendo assim, é compreensível
que a menor alteração possa ser fatal.

7

Exatamente o que eu temia aconteceu: esta noite o atirador está usando não só aparelhamento novo como sofis-
ticado. Já constatei que as balas não se limitam a afundar
nas paredes: atravessam os tijolos como se eles fossem de
papel — além do quê, já não capto os ricochetes que me
distraem durante a noite. Em outras palavras, os disparos
perderam a leveza e repercutem na casa com um estrondo
de armamento pesado; não espanta que as árvores do jardim estremeçam a cada saraivada. Sinto nesse instante que
sucumbo à ansiedade e reajo concentrando-me nos meus
papéis. Como sempre, estou sentado no assoalho — a única posição sustentável desde que o atirador começou a me

perseguir. Lá fora está mais escuro do que de costume, mas atribuo a diferença ao meu estado de ânimo. Realmente o horizonte aqui ficou tão fechado que as luzes se apagaram e me vejo entregue à solidão.

8

Foi no meio da obscuridade que reconheci o sentido da escalada. Estava de costas no tapete e acompanhava o zumbido das balas com aflição crescente. Apesar da postura incômoda, reparei que elas descreviam um desenho peculiar: identifiquei-o logo aos contornos de uma mensagem. A percepção foi facilitada pela circunstância de nenhum balaço rolar no piso. Isso era estranho, porque em geral o chumbo se espalha pelo chão de tal maneira que no dia seguinte é preciso varrê-lo para desobstruir o caminho. Dessa vez os bólidos picotavam a parede com perfeição, deixando uma trilha na massa corrida; acresce que os estampidos mostravam um timbre muito mais consistente. Movido pela novidade, tentei interpretar os sinais a tempo, uma vez que as rajadas se sucediam e as perfurações se tornavam tanto mais nítidas quanto mais numerosas. Como sou afeito aos enigmas, não custei a deduzir que o atirador me advertia que o recrudescimento assinalava o desfecho dos ataques; de qualquer modo a sorte estava lançada.

87

9

Talvez eu tenha me precipitado na análise dos indícios, mas notei que havia algumas saídas à vista. A mais coerente me dizia que evitasse as salvas do amanhecer porque a carga utilizada era de prata: uma profecia ligada aos metais nobres conferia êxito imediato a essas balas reservadas ao coração. Pressentindo que os pormenores se apoiavam numa lógica tão indevassável quanto os acontecimentos em que estava envolvido, rastejei até a vidraça e espiei em direção ao jardim. A resposta não se fez esperar — um tiro riscou meu couro cabeludo. Apesar de surpreso não desisti de investigar o que se armava por trás dos arbustos; foi assim que divisei os dentes do atirador no meio da folhagem. É provável que eu me engane, pois na hora tinha o rosto coberto de sangue; mas aquele sorriso se entrelaçava ao brilho da carabina a ponto de me acenar com a esperança de dias melhores.

CORTE

Surpreendi o esquilo na escrivaninha quando me sentei para responder a uma carta de pêsames. Embora esse tipo de obrigação me incomode, naquele momento meu limiar de resistência tinha chegado a um nível razoável. Foi estimulado por ele que resolvi dedicar uma parte da manhã à expressão dos meus sentimentos. Eu acabava de tomar café e reparava que a fumaça do cigarro tingia de azul o sol que vinha da janela. Interpretei o fato como uma motivação ao trabalho e abri a gaveta para pegar o lápis e uma folha de papel. É evidente que comportamentos dessa natureza estão automatizados ao ponto de ninguém perceber que os realiza. No meu caso os músculos se articulavam de um modo tão minucioso que não me importei com o que se mexia no fundo da gaveta. Ao passar o dedo no dorso do lápis levei uma mordida: o esquilo roía logo ali. Naturalmente recuei o mais depressa possível pois a dor e o espanto me dominavam. Apesar disso mantive a distância adequada para observar o animal — seu pescoço ia de um lado para outro e as patinhas raspavam metodicamente o fundo de madeira. Acredito que meu primeiro impulso foi bater a gaveta e obrigá-lo a se retirar, mas me contive o suficiente para não apavorá-lo. Ele afiava os dentes no grafite e fixava os olhos no meu rosto; enquanto isso os pêlos do corpo emitiam um halo que se multiplicava no tampo da escrivaninha. Procurei decifrar os sinais a tempo, mas não consegui reconhecer o menor sentido neles; a demora foi fatal, porque o verniz não os segurava. Convencido de que a impotência ameaçava o meu dia, empurrei a gaveta em silêncio e saí do escritório disposto a tapar a ferida com uma tira de esparadrapo.

JANELA ABERTA

Abro a porta do escritório, ponho o casaco no cabide e vou até a janela. O carpete abafa os meus passos mas eu conto os segundos que me separam das vidraças fechadas. Estou só neste fim de tarde e acolho com alívio a folhagem colocada no parapeito. Ainda assim entro com grande economia de gestos no foco de luz que vem da rua: primeiro os pés, depois as pernas, por fim o tronco. Embora o rosto se obstine em ficar na obscuridade, os olhos se atêm aos pormenores; afinal a tarde vai sumindo e não quero perder o último facho de sol. O estranho é que o céu está nublado e a chuva ameaça cair: *se isso acontecer o dia acaba enlutado.*

A frase chega sem premeditação; viro-me para a estante e surpreendo um traço esquivo na fileira de livros; nada. Provavelmente o movimento seguiu a trajetória das pupilas; sossego um pouco e avanço mais um passo. Lá embaixo as asas cor de cinza riscam a calçada; evito destacá-las da massa de árvores erguendo o braço direito até o trinco da janela. Enquanto acompanho o punho da camisa no ar enfio a mão esquerda no bolso da calça e me reasseguro do que devo fazer. Na verdade tudo é muito vago, nem eu pretendo uma definição tão clara; sei apenas que a janela se abriu sobre a rua e que a água escorre pela calha; ouço o jato caindo alguns metros abaixo de mim. Só então recupero a plena posse do meu corpo; a única coisa que me falta é permitir que o peso dos músculos comprima o salto dos sapatos no chão. Levanto os calcanhares e reconheço suas marcas nas fibras de nylon; percebo que elas não absorvem ponto por ponto o contorno das solas. Entretido com as falhas, me escapa que o muro em frente à casa está desabando: o ruído chega tarde demais aos meus ouvidos.

Evidentemente estou diante de um fato consumado — os tijolos rolaram na calçada como entranhas perfuradas. Atraído pela semelhança examino-os com a maior atenção; muitos parecem trincados e um cimento podre recobre as rugas de argila. Suspendo a visão o suficiente para acender um cigarro; é a custo que consigo — agora o vento sopra forte no escritório. Curiosamente, só nesse instante me dou conta de que um cortejo escuro deixou a sombra das árvores e se juntou em silêncio diante do muro; pela brecha eles podem entrar a hora que quiserem. Constato que estão inquietos pois seus braços se mexem de um lado para outro como molas sem controle. De qualquer forma é inevitável que tomem uma decisão; acompanho-os do alto e suponho que não demorem a invadir o canteiro e pôr a porta abaixo: o vácuo na casa é grande demais para que permaneçam parados. Ao escutar o estrondo dos batentes no piso de entrada sento-me junto à escrivaninha e apago o cigarro num cinzeiro de metal. Lá fora a noite caminha tranqüila apesar da chuva; gostaria que ela continuasse assim, mas sinto que nem tudo é possível neste fim de semana.

O ESPANTALHO

Desde que descobri o cadáver do enforcado no meu guarda-roupa passei a me vestir com mais cuidado. Antes bastava que uma calça ou camisa cobrisse o corpo para que eu as considerasse adequadas. Hoje a escolha beira o exaspero, sem dizer que para mim a questão ficou central. Isso porque o simples ato de pôr uma roupa oferece agora exigências inusitadas: elas vão da correta combinação das cores até a porosidade ideal do tecido, passando pela padronização dos colarinhos e o caimento perfeito das barras. Acrescem o tempo e a constância indispensáveis ao ajuste dos pormenores na vida diária; não é exagero afirmar que passo a maior parte dela em frente ao espelho. A circunstância deixaria de ser paradoxal não fosse o fato de eu só trabalhar em casa e raramente sair à rua; se o faço é por pura necessidade. De mais a mais os meus recursos são limitados e implicam um conjunto necessariamente pobre de peças disponíveis. Sem dúvida contorno a escassez inventando as composições mais versáteis dos elementos à mão.

Assim mesmo os resultados nem sempre são satisfatórios e eu me contento pensando que no momento é o que ainda posso fazer. Naturalmente já recorri a empréstimos de toda sorte: por paliativa que seja, a medida serve para assegurar um repertório razoável. No fundo a grande esperança é que eu chegue à superação sem maiores transtornos. Não creio que se trate de milagre ou coisa impossível, uma vez que a cada semana dispenso mais atenção à qualidade do que ao acervo do vestuário. É por causa dessa novidade que meu nível de angústia tem baixado e eu me surpreendo quase feliz entre as paredes do meu quarto. Pois muitas vezes olho a cara do enforcado sem temer que reconheçam na sua falta de compostura as contorções que me atacam por todos os lados.

VIRADA DE ANO

1

Ninguém duvida que sua morte esteja ligada à passagem de ano; caso contrário seria difícil supor que ele abandonasse a casa de modo tão radical. Pois a verdade é que sobre a mesa estavam dispostos os trechos de um trabalho começado e uma agenda de compromissos pessoais. De resto a limpeza das salas era estrita e a ordem do quarto maior que a habitual. É claro que nada disso seria um indício relevante não fosse o testemunho de que sua vida continuava regrada e de que ele planejava os dias com rigor. Fica assim prejudicada a hipótese de que ao fechar a porta e tomar o elevador ele já soubesse que não ia mais voltar.

2

A questão é que a noite estava úmida e o céu manchado pelos luminosos comerciais: talvez o teto baixo e a luz artificial o incomodassem. Não que a sua consciência repudiasse o espaço reduzido; o que o feria era a proximidade das coisas a despeito do seu ar inalcançável. Talvez por essa razão a multidão e as vitrinas deslizassem desgarradas como uma vertigem sem causa. Naturalmente restava a possibilidade de evitar os corpos em sentido contrário e os metais ao alcance do seu braço; mas seria ingênuo achar que recursos como esse agora bastassem. Não surpreende por isso que escolhesse o meio da praça para encarar o relógio da loja: quem sabe dessa forma pudesse ainda fixar o que acontecia.

3

Não consta que a expectativa se cumpriu: quadrado e silencioso o relógio movia os ponteiros com a regularidade esperada. Foi a partir daí que ele provavelmente girou nos calcanhares e viu o teatro, o prédio ao lado e os arranha-céus do vale. Imaginava talvez que o conjunto oferecesse algum tipo de contato ou que dele brotasse uma nova noção de realidade. O fato é que o milagre não veio e ele ficou parado exatamente no mesmo lugar.

4

Ao que parece foram os sinos e as buzinas que o fizeram dar meia-volta e examinar o viaduto. Ele permanecia nítido como nunca e nenhum impedimento interior o constrangia a não olhar para lá. Sentiu-se então estimulado e atravessou a rua apalpando os bolsos à procura do último cigarro. Dizem os mais próximos que no ponto em que o vale se abre inteiramente à vista ele parou e esfregou os dedos nas traves de metal. É possível ainda que tenha acompanhado os rostos que passavam ao seu lado; mas como não adivinhasse neles nenhum sinal particular subiu na amurada e saltou no vazio com a determinação própria dos grandes momentos de euforia.

O ASSASSINO AMEAÇADO

1

Tudo indica que não pesa a menor ameaça sobre o assassino ameaçado. Embora a vítima continue ao alcance do seu braço, o distanciamento interior é suficientemente amplo para livrá-lo de qualquer prevenção. Essa circunstância explica não só que conserve as costas voltadas para o cadáver, mas também que ignore o sangue espalhado na boca. Não é surpresa que acompanhe a música do gramofone com o ar de quem a reconhece: intocável no terno cinza, nada nele supõe a premeditação e a prática de um atentado. Pelo contrário, o traço dominante é a compostura e o rigor de uma paz civilizada.

2

Observada com inquietação, a cena mostra alguns sinais de interesse. É visível que a despeito da luz opaca o olhar do assassino acuse o lance grave da violência. De qualquer modo ele não é neutro, como também não é indiferente a inclinação do corpo para a frente: discreto, o arco que vai da cabeça aos sapatos ganha relevo na mão apoiada sobre a mesa e nos dedos escondidos no bolso da calça. É desse ângulo que o gesto congela a tensão, não o contrário — e nesse caso já não há como descartá-la.

3

Por outro lado não passa despercebido que a vítima e o assassino ocupem o mesmo espaço. A partir daí parecem enganosas a higiene das paredes e a limpeza do assoalho; pois sem indicarem ausência nem presença muito marcada, elas apontam claramente para a noção de cuidado. Este se manifesta no despojamento, seja do pormenor explícito, como a mala, o sobretudo, o chapéu e a echarpe, seja da dramaticidade em relação à nudez da morta. O fato confirma que a paralisação dos movimentos coincide com o esquema geral de um retrato falado: o que se vê nunca é aquilo que foi mas sempre o que se disse.

4

À primeira vista só os perseguidores do primeiro plano contrastam com a imobilidade. Com efeito, eles estão pre-

100

parados para o bote e agarram com firmeza a rede e o porrete. Sem prejuízo do seu aspecto anacrônico, as armas têm certa eficácia — além do que a porta por onde o assassino deve sair permanece na mira da lei. Mas olhada de perto essa figuração de força perde muito da sua intensidade: o foco de atenção, acompanhando a linha das tábuas e paredes, não converge para ela e sim para o protagonista da cena de sangue, o que de modo alguma é ocasional. De qualquer forma, parece procedente achar que os perseguidores se desviam para os cantos enquanto assumem, à própria revelia, um caráter meramente ornamental.

5

O ponto de fuga é dado pela janela onde se reúnem as testemunhas. Formam no conjunto, com as montanhas do fundo, o estranho grupo que participa ao ar livre de um espetáculo interno. Todos olham de fora para dentro e estão próximos uns dos outros como se o medo os irmanasse. A hipótese é plausível, porque são eles que reforçam a versão do assassinato — a tal ponto que seus rostos quase se confundem. Mas é justamente aí que reside sua ambigüidade: a de espectadores coagidos ao silêncio. Pois para eles a verdadeira ameaça parte do assassino ameaçado.

O SOM E A FÚRIA

Eu me despedia de Débora quando notei que o ressentimento dela vinha dos dedos. Na verdade eles estavam presos nos meus e mal se mexiam; o vapor no entanto continuava a escapar pelos poros. Hoje estou convencido de que a efusão nunca deixou de existir; o que me impedia de captá-la era a cegueira para o pormenor. Seja como for, naquela tarde as fagulhas saltavam aos olhos e não era possível ignorá-las. Disposto a encarar os fatos, apertei a mão de Débora com determinação. O resultado não se fez esperar, porque o braço inteiro incandesceu. O estranho é que os lábios permanecessem frios e a língua não soltasse uma palavra. Desorientado pela discrepância, acariciei seu pescoço num gesto casual. Obviamente ela não reagiu bem, uma vez que os dedos em chamas comandavam o resto do corpo; nesse sentido era previsível que ela grudasse no assoalho como uma chapa de metal. Percebendo que seu rosto já não se movia, virei-lhe as costas e saí da sala arrastando os pés na cinza do chão.

RODEIO

Eu acabava de fechar os olhos quando Estela entrou trotando pelo quarto. Era fim de tarde e o sol do outono brilhava nas venezianas; eu tinha ido dormir cedo para compensar as noites em claro dedicadas à minha primeira novela de televisão. Apesar das dificuldades, o entrecho estava armado e eu podia imaginar seu impacto sobre o público; mesmo assim as pesquisas de opinião me atormentavam, uma vez que dependia delas o êxito do meu trabalho. Estela não participava dessa ansiedade porque desconfiava das minhas personagens ao ponto de negar-lhes qualquer fundamento; além disso, estava assegurada desde criança por uma herança de família. Era natural portanto que minha irritação crescesse à medida que a história chegava ao desenlace. Isso ajuda também a compreender que eu tenha me inflamado quando Estela entrou trotando pelo quarto. Foi só enxergá-la de costas que pulei da cama pronto para cavalgá-la. Como previa, ela se assustou com o peso do meu corpo e começou a corcovear no assoalho; mas eu a mantive sob controle segurando-a pelas orelhas. Lembro-me de soltar gritos de júbilo enquanto conservava as pernas enganchadas nas suas ancas; Estela só me derrubou no chão quando a noite caía sobre as janelas. Fosse como fosse, levantei-me esperançoso, já que ao voltar para a cama mal notei meu nariz ensangüentado num close de vídeo.

DETERMINAÇÃO

Lívia estava de cócoras na cama e eu a observava de meu ângulo predileto quando os flashes estouraram e ela desapareceu entre as cobertas. É óbvio que procurei acalmá-la o quanto pude, mas meus esforços foram inúteis; afinal ninguém vê a própria intimidade violada sem ao menos se retrair. Percebendo a nuance, me voltei para os fotógrafos e os intimei a sair do quarto; apesar da intrusão, eles estavam tão entretidos com as suas máquinas que não deram a mínima resposta. Hoje atribuo ao zelo profissional aquela distorção de comportamento; o inconcebível era a insistência numa situação inusitada. Foi pensando tudo isso que me aproximei devagar da guarda da cama e enfiei a mão sob o travesseiro, onde conservo a arma indispensável à minha segurança. Nesse lapso os fotógrafos continuaram testando os fotômetros e trocando os filmes por outros mais sensíveis; quando levantaram a vista já estavam na minha mira e iniciaram a fuga para os cantos do quarto. Como não perco a calma nessas ocasiões, esperei que se acomodassem nos seus refúgios e só então comecei a atirar. Os disparos foram certeiros menos pela destreza do que pela excelência das balas, uma vez que o material que uso é suficientemente moderno para corrigir imperfeições pessoais; não espanta que em alguns segundos os invasores estivessem estendidos no chão ao lado das suas poças. Apesar disso, tive o cuidado de examiná-los de perto e de abater os que ainda agonizavam, pois o sofrimento prolongado parecia supérfluo; só me dei por satisfeito no instante em que a imobilidade geral coincidiu com a fumaça que saía pela janela. Faltava chamar Lívia de volta à superfície e a tarefa se complicava porque ela tinha adormecido no calor das cobertas. Mal despertou, porém, pedi que ficasse na antiga posição e constatei lisonjeado que ela se punha de cócoras com o sorriso costumeiro nos lábios. Seguramente as coisas já não eram as mesmas, pois com o passar do tempo o crepúsculo escorria pelas vidraças. Mesmo assim, sentei-me na poltrona aos pés da cama e me fixei em Lívia como num espetáculo. É possível que ainda estivesse excitado, mas não posso negar que naquela hora a cena recente valorizava a contemplação: a tanto leva o poder do fato consumado.

A TEMPESTADE

Bárbara entrou no carro perturbada porque estava com o vestido pingando e os sapatos de camurça encharcados pela enxurrada. Àquela altura meu sentimento de culpa chegava ao auge, eu tinha marcado o encontro para a hora errada: havia dias o boletim meteorológico previa aquela borrasca. Felizmente tive presença de espírito suficiente para estender meu lenço às suas mãos crispadas. A recusa foi brusca na medida em que aceitá-lo representava para ela uma concessão indesejada. Eu compreendia a sutileza mas era impossível ficar parado diante dos filetes de pintura escorrendo do rosto para a tapeçaria de borracha. Movido pelo desconforto pedi outra vez que ela se enxugasse. A resposta de Bárbara foi um mutismo que a afundou no banco por mais de meia hora; no final mostrava todos os sinais de uma mulher ultrajada. Tentei argumentar comigo mesmo que desconhecia as razões que a indispunham contra mim; desisti de abrir a boca quando meu lábio superior começou a tremer. Enquanto isso o temporal engrossava e Bárbara insistia em manter a porta do carro aberta sobre a calçada. Pressentindo o perigo que o gesto denunciava, estendi o braço direito com o intuito de fechá-la; inútil, porque a enxurrada invadia o chassis e desafiava minha habilidade. Acredito agora que isso esclareça o enigma de Bárbara ter sido tragada pelas águas. É óbvio que não fugi ao que acontecia, pois o luto mais intenso me dominava; assim, dei a partida e fui da sarjeta até o leito da rua. A manobra foi difícil não apenas por causa das buzinas mas também dos faróis que partiam de várias direções e iluminavam as poças represadas do meu lado.

É provável que eu exagere, mas não posso recusar que elas refletiam as lembranças amargas do meu convívio com Bárbara.

SUBÚRBIO

1

O trem cruzava a Barra Funda quando me apoiei no vidro da janela e vi Eleonora debruçada sobre as grades do viaduto. Embora fosse noite as nuvens retinham no alto um halo incandescente; talvez por causa disso os traços do rosto se recortassem no escuro e o vestido parecesse iluminado. De qualquer forma, o espanto me fez recuar contra os passageiros; ninguém protestou porque estavam todos entorpecidos pelo cansaço. Seja como for, consegui abrir caminho até a porta do vagão e descer na primeira parada; a essa altura a plataforma se esvaziava e o rumor das escadas atingia o topo da rua. Como não achasse nenhuma condução na porta, resolvi voltar a pé ao viaduto; a pasta que eu trazia continha apenas papéis, e a ansiedade me arrastava para o asfalto. Enquanto eu seguia a trama das vielas, procurava não perder de vista a imagem inusitada; é que desde a adolescência não me vinha mais à mente uma visão tão clara de Eleonora.

2

Lembro-me que a esperança de encontrá-la se desfez assim que subi os degraus que dão para o viaduto. Eu tinha pressentido o desenlace ao tocar o corrimão com as pontas dos dedos — o metal estava úmido e não registrava o mínimo passo. Apesar de tudo caminhei até o ponto mais elevado da pista: uma nuvem de fuligem se espalhava dos armazéns à estria dos dormentes. Foi atraído por ela que venci o desconforto e me aproximei das grades de ferro; nada. Só então reparei que um trem apontava na rampa da ferrovia; mas não descobri o menor vestígio nos caixilhos cor de prata.

3

A partir daí não deixei mais de tomar o subúrbio: mal bato o ponto no escritório corro até a estação, compro a passagem e aguardo o primeiro trem da Zona Oeste. Minha grande preocupação é garantir um lugar perto da janela — uma luta difícil porque são os mais procurados. Logo que me sento faço um esforço concentrado para enxergar o que se passa do outro lado do vidro, uma vez que ele reflete em toda a extensão o movimento no interior da cabine.

Essa dificuldade me exaspera a ponto de sentir as juntas do corpo estalarem; é ao fim de algum tempo que alcanço o controle necessário para desempenhar minha missão. Basicamente ela consiste em contar os postes da estrada de ferro até a curva do viaduto e depois erguer os olhos para a estrutura de aço; quando a locomotiva apita embaixo, eu me fixo nas grades. Em geral o sino da capela está soando nessa hora; nos segundos de que disponho, esquadrinho a área invocando o nome de Eleonora. Uma palpitação vigorosa se apodera dos meus músculos e me faz saltar do assento; só volto a me acomodar depois que o vagão ultrapassa o viaduto. Depois disso é irrelevante se prossigo ou não a viagem; basta dizer que o vestido de Eleonora e o rosto inflamado se confundem no escuro com a minha melancolia.

4

Em vista desses acontecimentos negligenciei definitivamente meu trabalho: não suporto o toque regular das máquinas nem o desembaraço dos colegas. Eles continuam tão voltados para as suas tarefas que não percebem o sol atrás das vidraças; logo que a noite chega, picotam os cartões na saída do prédio e vão para casa sem o consolo de uma descoberta. Estou ciente de que a minha ainda é precária, mas pelo menos eu a tenho perante os olhos; já nem espero o fim do expediente para ir à estação; enquanto disparo pela calçada, sinto na boca do estômago a vertigem do viaduto.

111

Isso explica que a partida seja sempre carregada de tensão, mas me disciplinei de tal modo que não dou muita importância a ela. Na realidade, antes mesmo que a composição saia do lugar eu já estou tranqüilo; só me crispo à vista da curva sobre os trilhos; é nesse momento, como disse, que grito o nome de Eleonora com a força que me resta nos pulmões. Mais aliviado, dirijo-me à porta automática e examino os passageiros — ninguém ouve a voz que o ruído das rodas de aço abafa por completo; passado o trauma, não tenho outra coisa a fazer senão desembarcar na estação seguinte e ir dormir em paz. É certo que a impassibilidade de Eleonora às vezes me tira o sono; mas a idéia de que um dia ela possa atender aos meus apelos me deixa fascinado.

RITO SUMÁRIO

1

O esforço para recompor seus passos já não leva a grandes resultados. O fato, entretanto, é que ele saiu de casa à tarde sem noção do que ia acontecer à noite. Tanto é assim que deu apenas uma volta no tambor da fechadura e preferiu descer as escadas a chamar o elevador.

2

Sem dúvida foi no momento em que chegou à calçada que começou a chover: isso esclarece por que decidiu andar em direção à esquina em vez de atravessar a rua. Visto na aparência, o gesto refletia um movimento natural de proteção contra a chuva; mas é provável também que já traísse o comando subterrâneo que o conduzia até ela.

3

Quem sabe convenha fixar o instante do encontro na esquina: por mais trivial que seja, ele contém o cerne da tragédia. Evidentemente ela o evitou por cima do próprio desejo — e nesse sentido se compreende o efeito de choque que a figura de gola levantada agora provocava. O rosto no entanto não dizia o que a memória elaborava; desse modo, não surpreende que ele fosse ao seu encontro como quem não soubesse de nada.

4

É a partir deste ponto que os acontecimentos se embaralham; pois do encontro nasce a idéia de recomeçarem. A dificuldade é que estão numa fase em que as coisas ou acabam ou se repetem; pelo menos é a versão que os fatos comprovaram. Além do quê, existe entre ambos o passado que não é mais comum — impossível superá-lo. Ela nota a diferença e vê que para ele ela não é mais que outro caso. O resultado só pode ser a mágoa disfarçada: quando ela o atrai para casa ele é um homem condenado.

5

Será útil construir a cena em que ele se conhece como a vítima do atentado. Não que acuse as evidências de que ela quer assassiná-lo; pelo contrário, a alvura da pele transmite o calor de uma entrega sem cálculo. Ele agora está deitado no lençol e acompanha a carne que se expande e se retrai do seu lado; quando ela foge do ângulo de visão ele sonha imagens iluminadas.

6

A surpresa agrava a dor à medida que persiste em negá-la: ao levar nas costas a primeira estocada ele não reconhece que o ferem. Talvez por essa razão vire o corpo na cama — em tempo de vê-la espetando novamente o estilete de metal. Depois disso sente apenas o silêncio, que ela agora goza como quem destrói um objeto desejado.

FIM DE CASO

1

Não consta que ela tenha sido atraída pelo assassino para uma noite de amor. A verdade é que esperava aquele momento com tal intensidade que não deixou nenhum aviso dizendo se ia voltar ou não. Ademais, fazia frio naquela noite e ela enfrentou o mau tempo de sandálias e sem o menor agasalho. Alguns supõem que se descuidou do detalhe por negligência, outros o atribuem à sua elegância; mas o fato é que desde o início ela se expôs ao perigo de um modo insensato.

2

Não é exagero achar que o vento fez mal à sua pele bem tratada. O desconforto porém não a fez arredar pé da decisão de atravessar a praça, seguir a avenida, enfiar pela ruela onde as rajadas assobiavam e entrar no prédio onde ele a aguardava com luvas de borracha. Hoje ninguém duvida que estivesse disposto a estrangulá-la; a dificuldade é que àquela altura talvez nem ele soubesse. Pois na superfície o hábito de cobrir os dedos com borracha indica apenas um esforço de proteção, por mais estranho que seja o material empregado. Ele se justifica em parte pelo frio, em parte como recurso de assassino potencial. Os que insistem numa deliberação de apagar os vestígios lembram que a compulsão da higiene afeta principalmente os mais civilizados.

3

Não é improvável que ela tenha passado a se considerar uma vítima pouco antes de abraçar o assassino. Naturalmente ele encarou a entrega como um passo a mais na realização das suas veleidades; foi assim que a envolveu nos braços e se acreditou capaz de amá-la, não fosse a decisão prévia de matar. Isso não significa que hesitasse na hora da violência — pelo menos não há indícios nesse sentido. De qualquer maneira o resultado permanece inalterado e é diante dele que o observador deve se situar.

4

O que mais chama a atenção é que ela queria viver: não só a posição do corpo como os depoimentos que vieram depois confirmam essa determinação. Como imaginar, nesse caso, que ela se encaminhasse voluntariamente para a morte certa? Mesmo que não tivesse clara a noção do que podia acontecer, a margem de suspeita era suficientemente ampla para convencê-la a evitar o encontro com o assassino. Afinal este se deu nas condições mais favoráveis — especialmente quando se tem em mente que era noite, fazia frio, estavam a sós e desconheciam a direção profunda dos próprios atos. Dessa perspectiva é fácil concluir que ele só se apoderou dela na hora em que se rompeu o equilíbrio precário entre ambos: ele a agarrou como a uma tábua de salvação e deixou que os dedos enluvados apertassem o pescoço à mostra.

Resta saber o que os olhos dela viram no último instante; mas é quase certo que tenham conservado mais a imagem do sacrifício do que a de um acordo de vontades.

ESCOMBROS

1

Foi do alto do viaduto que ele a viu pela janela aberta do automóvel: ela estava sentada num bloco de pedra entre as ruínas que cercam a baixada da estrada de ferro. Embora inverossímil, a imagem era consistente e por isso ele não hesitou em parar o carro na primeira possibilidade à mão. Àquela altura o céu estava encoberto e do outro lado da cidade já começava a chover. Diante disso ele levantou o capuz sobre a cabeça e cruzou a rua disposto a chegar perto. Ao contrário do que esperava, o acesso era difícil — à sua frente o muro barrava a passagem com o peso de uma fortaleza. Sem saber direito o que fazer, recuou até a calçada e ao dar com as costas nas telas de arame percebeu que o lugar era um beco sem saída.

2

Andando ao acaso pela rua, descobriu o rombo no muro. O buraco servia de despejo, mas isso não o impediu de atravessá-lo. Ao levantar o corpo do outro lado respirou com alívio: estava mais próximo dela. É inegável que a demolição cobria todos os espaços e o vento que soprava erguia uma parede de pó. Insistiu contudo em pisar sobre as pedras e os caibros amontoados — a ruína principal ficava a pouca distância e dali era possível localizá-la.

3

Para tomar fôlego permaneceu parado sob os restos da construção. Era um galpão enegrecido que mantinha alguns pavimentos em pé; o ruído dos trilhos ressoava como se os trens varassem um túnel. Ainda aturdido conseguiu distingui-la no meio da obscuridade; ela subia uma escada desmantelada e parecia acenar com os braços. Tentou atraí-la de longe, temendo talvez assustá-la. Só se recompôs quando a viu descer os degraus e desaparecer atrás de uma pilha de tijolos. Correu então saltando os obstáculos, mas ao alcançar a escada ela não estava mais lá.

4

Decidido a encará-la, gritou várias vezes o seu nome; o eco entre os pilares reproduziu o som a princípio com força, em seguida longínquo, depois nada. Com a sensação de desamparo crescendo a cada gesto, resolveu voltar à claridade — e nesse instante ouviu-a falar. Era a mesma entonação de sempre, pausada e calorosa, e ele soube reconhecê-la através das inflexões. A dificuldade é que não a enxergava mais — apenas os cabelos iluminados embaixo de uma imensa clarabóia. Assim mesmo o contato foi suficiente: apesar de sumário, ele mostrava a face palpável do amor possível.

Cidade cheia de sonhos

O PONTO SENSÍVEL

I.

Ouço meus passos ao longo do corredor, mas sei que eles já se descolaram do meu corpo. Estou a dez metros da primeira escada e a lâmpada nua que desce por um fio não ilumina mais que alguns degraus. Aperto os olhos para enxergar melhor: nada. As paredes úmidas absorvem toda sobra de luz; imagino que é assim que alimentam os cogumelos à noite. Eles só são visíveis de manhã, quando o vento encanado do Largo desliza pelos ladrilhos do prédio. Esticam então suas copas e aspiram o ar como esponjas aflitas. Mais de uma vez fui despertado pela agitação e abri a porta para observá-los de perto. Embora o tamanho varie, sua cor é uniforme — uma pasta de asfalto e fumaça. Deve ser por isso que respiram com tanta dificuldade: as artérias parecem entupidas do caule ao topo.

Agora no entanto o silêncio nas paredes é compacto, sem falar que os passos descolados também emudeceram.

Em vista disso me agacho diante de uma fresta mais funda à procura de alguma pista: localizo apenas dois cogumelos vergados sobre as hastes. Atraídos pela pulsação debaixo da casca, não percebo que meus calcanhares sobem o primeiro lance da escada. Ergo-me afobado e corro na direção do eco — meus saltos não tocam o chão. Apesar disso continuo correndo, mas o corredor ficou tão escuro que já não distingo as paredes; parece que o cheiro da resina me entorpece: sem explicação, estou de bruços no cimento. Demoro muito tempo nessa posição e quando me levanto meu peito arde. Sou asmático e o contato com o cimento agrava minha asfixia. Sem dúvida foi o que aconteceu, já que não consigo conter o sufoco. Enquanto resfolego, o espaço que me separa da escada ganha uma profundidade nova. Na realidade, noto que a articulação das pernas não o atravessa, pois à medida que elas avançam ele recua; concluo que apesar de todos os esforços não saio do lugar.

Para evitar que a angústia aumente, decido parar. Isso me faz bem, porque posso prestar atenção nos sons que vêm das janelas. Ao meu lado alguém bate na vidraça, um pouco adiante a descarga desce pelos canos, atrás de mim escuto um tinido de panelas. Acho tudo muito estranho porque são três da madrugada.

De fato hoje eu não quis me deitar cedo para não enfrentar Elisa no quarto. Às dez da noite me estiquei de costas num banco do Largo para relaxar. Como estivesse mais cansado do que supunha, dormi algumas horas sem sair da mesma posição. Ao acordar com o estrondo de uma motocicleta passando, vi que as ruas tinham ficado vazias e que as barracas de flores pareciam prontas para fechar. Fui andando para casa com a impressão de que a pedra do banco havia me marcado as costas. Entretido com a dor, não me dei conta de que os passos já me abandonavam. A decisão de persegui-los só chegou no instante em que entrei no corredor do prédio querendo um resto de noite tranqüilo.

Pressinto que os passos estão de tocaia na obscuridade, por isso caminho devagar até o miolo da sombra. Pensei em ficar na ponta dos pés para não fazer barulho, mas reconheci que isso não fazia sentido. Seja como for, a intenção teve alguma vantagem: ao ficar apoiado na parede para garantir o equilíbrio do corpo, vi que ela parava de recuar.

A solidez da parede, no entanto, não impede que eu tenha vertigens na escuridão. Ela cai sobre mim como uma capa metálica e me empurra para baixo com um ímpeto inusitado. É a custo que sustento seu peso, pois a esta hora já estou enfraquecido. De qualquer forma, concentro-me o mais que posso para manter a posição e delimitar meus contornos. Sob o invólucro negro, eles parecem porosos; suspeito que cedam ao movimento de evasão para o ponto de luz que vem do fundo do corredor. Para controlar a dispersão, tento reter o facho luminoso no limite das pupilas. Presumo que nesse lance minhas órbitas fiquem acesas como duas pedras de carvão. O efeito é compensador, porque só assim posso clarear a trilha que estou seguindo.

Alcanço o primeiro degrau da escada e respiro com alívio: a nuvem negra passou. Mas verifico que os passos escaparam deste lugar. Devem estar no pavimento superior, descansando à minha espera; é o que sempre fazem quando estou nervoso. Diante disso, resolvo me sentar: a tensão da travessia e o medo de desmaiar me extenuaram; além do mais, o dia já começa a tingir os caixilhos com uma nódoa cinzenta e eu não preguei o olho — com exceção das horas que dormi no banco do Largo.

Esta lembrança me faz descer da escada e visar a porta do corredor. Para isso cruzo de olhos abertos a faixa escura que me separa obstinadamente dos vidros da entrada. Ao girar nos dedos a maçaneta de aço sinto que estou no rumo certo: apesar de meus pés mal roçarem o piso, venço as distâncias sem dificuldade.

O Largo está outra vez diante de mim em plena madrugada: os luminosos faíscam por todos os lados. Atravesso a rua que dá para o conjunto central de árvores; as estátuas vacilam entre os canteiros. Constato que uma das barracas continua funcionando; embaixo do teto enferrujado as folhagens agitam os ramos mais tenros. Sem perda de tempo me aproximo do banco de pedra e me surpreendo nele sonhando de costas. Hesito antes de mergulhar os braços naquele tumulto de imagens, mas o impulso que me leva até lá é poderoso: ao me espreguiçar no banco, ouço o estrondo de uma motocicleta passando.

Volto a pé até o prédio de apartamentos; nessa caminhada os passos me acompanham sem relutância. Antes de entrar, tomo um café na padaria ao lado. Já me sinto bem mais disposto a andar, e quando empurro a porta do edifício dou por mim ainda apoiado na parede do corredor. Apesar de tudo, chamo o elevador com naturalidade e me distraio procurando o molho de chaves no bolso. Em frente ao meu apartamento percebo que o dia está nascendo: um raio de sol brilha no metal da fechadura e me devolve a imagem de um homem com a barba por fazer. Submisso à evidência do cotidiano, passo a mão no queixo e entro no pequeno hall iluminado.

II.

As paredes deste quarto são testemunhas de minha relação ambígua com Elisa. Para começar eu só a vejo de relance, quando as luzes de fora atravessam as dobras da cortina. Ainda assim os traços colhidos ao acaso não formam um conjunto acabado. É por essa razão que me apego aos detalhes todas as vezes que procuro analisá-la. Não que ela fuja inteiramente ao meu domínio — estou convencido de que no essencial eu a controlo. Desse modo, não me surpreende encontrá-la à hora que quero, nem me desfazer dela quando preciso. Quanto ao fato de Elisa oferecer resistência aos meus caprichos, considero-o natural: eu também não me rendo sem critério à sua vontade.

Quando ouvi sua tosse eu tinha acabado de pôr o pijama. Era um pigarro seco que vinha do canto do quarto. A princípio pensei que as juntas do armário estivessem estalando por causa do verão. Fazia calor, e o bafo do asfalto subia à janela como uma explosão silenciosa. Como de costume eu a mantinha fechada para evitar os acessos de asma. A experiência tem mostrado que os vapores da rua me fazem mal — tanto ou mais que a rajada que sopra do Largo nos meses de inverno. Isso explica que eu só saia de casa em casos de extrema necessidade. Por sorte não preciso de muita movimentação para sobreviver: sou frugal e me visto com simplicidade, sem mencionar que minhas exigências correspondem ao nível precário de uma aposentadoria. Noutras palavras, vivo intensamente, mas à minha maneira — o que não significa que me julgue um modelo. Se me privo é porque não encontro obstáculos para isso. Certamente as perspectivas de quem transforma a redução em estilo podem parecer insuficientes. Acontece que não sinto o apelo habitual da comparação: moro sozinho, minha família é uma lembrança incômoda e a presença de Elisa no quarto me basta.

Isso me vem à mente no momento em que a percebo diante de mim. Elisa tem um cheiro peculiar, que não se destaca do vulto ao meu alcance nem da voz que me fala. É um cheiro sem tempo, se é que a afirmação tem sentido; alguma coisa que resta a despeito de si mesma. Envolvo-a pela cintura, ponho a língua na sua boca e no entanto sinto a carne fugindo entre os dedos. Lembro-me então do aroma que se levanta nas narinas e confirmo que estou aqui, que é minha a mão que agarra a sua, meu o fôlego que a prende junto a mim.

É claro que o ajustamento não elimina a desavença. Pois embora Elisa trema sob as minhas coxas, o ventre empinado para o alto, noto nos gestos uma autonomia que me anula. Sei que basta um comando para trazê-la de volta à minha pele, mas a fresta entre a decisão e o corpo me enfurece.

Saio da cama de um só golpe e vasculho as gavetas do armário em busca do cinturão. É uma relíquia dos velhos tempos que me devolve a segurança. Elisa identifica os gomos de couro e se encolhe como um feto no lençol; não acompanho os seus movimentos, mas concluo que ela está no centro do colchão. Planto-me então sobre o tapete de lã e bato com a força que me resta na direção das costas. Não me lembro de ter escutado gritos, mas a animosidade dos vizinhos indica que eles repercutem no corredor. Quando os braços já não conseguem se erguer até o peito, largo o apetrecho no chão e vou à cozinha tomar água. Fico sentado no banco de madeira olhando as rachaduras do teto; só volto ao quarto quando Elisa deixou o apartamento. Deito-me na cama ainda quente e procuro evitar o choro; inútil, porque a separação dói como uma chicotada no peito.

Os atritos se atenuam nas épocas amenas do outono. Nesses dias a parte alta do Largo se regenera embaixo do azul — mais uma planície do que a paisagem roída por arranha-céus. As casas recobram a nitidez ao toque da estação adormecida; na curva do Largo a torre do sobrado ostenta o prestígio de uma década soterrada. Com a capa no braço, paro em frente à sacada redonda e observo a tarde caindo. O tráfego abafa a linha do horizonte e as nuvens resistem à investida dos gases. Volto o pescoço para os lados e sigo o ângulo que vai do portão de ferro batido às barracas de flores e às árvores mais copadas. A distensão me faz esquecer a sombra dos corredores e os contrastes de Elisa no quarto; esta noite posso me aproximar do seu rosto com a suavidade de um amante.

Seja como for, não é o que acontece. Ao puxar a coberta sobre a cabeça reparo que alguém força a porta com o peso do corpo. Ergo-me sobre o travesseiro a tempo de ver a fechadura rolar em cima do tapete. A porta está escancarada mas não há ninguém por perto. Quando atiro o cobertor para os pés da cama capto o gemido que vem do canto das paredes. Calço finalmente os chinelos e dou os primeiros passos na direção do som; nesse ato raspo o joelho numa quina. Imagino que seja alguma cadeira fora do lugar; sei que isso é pouco provável, já que mantenho o quarto numa ordem minuciosa. Abaixo-me em pânico e faço menção de esfregar o ponto dolorido; é então que passo os dedos num crânio exposto. Recuo imediatamente até a cama: pela primeira vez em muitos anos lamento não ter um interruptor à mão. Sento-me na beira do estrado sem decidir o que fazer; enquanto isso os gemidos se aproximam das minhas pernas. Estou disposto a arremeter pela porta; desisto quando um feixe de luz se infiltra pelas cortinas e cai sobre a massa de ossos. Eles estão voltados para baixo e balançam até a nuca. Os soluços agora soam mais graves e incham a curva das costas. Tomado de pavor, seguro os ombros que se mexem e suspendo-os até os meus: um urro e sou projetado por um golpe que me acerta do escuro. Percebo nesse instante que duas solas de ferro andam pela minha coluna. Quero me livrar do peso absurdo; a fala não sai e estou imobilizado rente ao chão. Na iminência de desmaiar, sinto o hálito de um animal na cara: a goela rouca me acusa de fuga e abandono. Não compreendo a seqüência de frases, nem sei se elas seguem alguma ordem conhecida; mas é evidente que chegam de um álbum de família extraviado numa gaveta fora de uso.

É Elisa quem me recolhe do chão e coloca na cama. Quando acordo, seus dedos estão cobrindo os ferimentos do meu rosto; as costas parecem estar em carne viva. Creio que gemo alto porque ela me põe no colo e me passa um algodão no pescoço. Estou com os olhos fechados pelo esgotamento e não tenho forças para falar; ela me embala nas coxas e sussurra alguma coisa no ouvido. Como não reajo logo, desabotoa a blusa no escuro e tira um dos seios; acompanho os gestos com os dedos grudados à sua pele. Ela me introduz o bico na boca e se inclina sobre mim. A ponta do seio está corada e o leite espremido pela mão desce como um jato pela garganta. Nesse momento abro os olhos e tomo consciência do calor da sua carne; é o meu primeiro contato profundo com ela. Quando o prazer me invade o corpo tenho os olhos molhados de surpresa e reconhecimento.

III.

Descobri o túnel para a rua depois que Elisa desapareceu de casa. Era inverno e fazia muito tempo que eu a invocava sem resposta. Cheguei a pensar que ela negaceava para aguçar minha dependência. De fato eu passava as noites em claro chamando-a pelo nome. Quando desconfiei que não tinha forças para trazê-la de volta, passei a esquadrinhar o apartamento. Minha ansiedade era tamanha que espalhei peças íntimas e retratos meus por todos os lugares: a grande esperança era que ela apanhasse um deles e cedesse à saudade. Pura ilusão, porque os cômodos continuavam desertos. Mesmo assim eu os vistoriava com uma vigilância encarniçada; mal a noite caía, meu faro aumentava e as unhas começavam a arranhar o assoalho.

Foi numa dessas incursões que dei com a tampa debaixo da pia. Lembro-me de que tinha saltado do hall para o banheiro quando o reflexo de um luminoso bateu no vitrô e deixou um halo nos ladrilhos. Presumi que a causa fosse algum filete de água no chão, mas a área estava enxuta. Com a maior cautela rodeei a linha iluminada. Ao me convencer de que não era uma armadilha, enfiei os dedos no sulco e puxei a peça para o alto: o cheiro de esgoto me fez retroceder até a porta. Fiquei algum tempo observando a coluna de vapor que subia do buraco; assim que ele se dispersou na superfície do espelho, me aproximei das bordas e espiei dentro; do fundo ecoava o rumor das bolhas e dos insetos volumosos. Atraído pela novidade, dispus-me a descer: a tarefa era menos penosa do que parecia porque as alças suportavam meu peso. Acredito que levei algumas horas para chegar à base, pois ao tocar o cimento o brilho do dia se infiltrava pelos canos.

Não sei dizer quantas vezes percorri esse caminho. O fato é que ele não me amedronta mais. Pelo contrário, apesar do desgosto com Elisa, a atmosfera de ferrugem e reclusão me revigora. A cada curva que faço tenho a impressão de ângulos novos e a imagem de um perigo. É natural assim que me ajuste ao impacto da decomposição e ao guincho das ratazanas. Embora perceba que os vapores ainda me entontecem e que a vivacidade dos focinhos me paralise à margem das poças, não posso negar que meus nervos estão estabilizados e que consigo dormir em qualquer galeria.

Na realidade, dou preferência à que se ergue no pátio das adutoras. Ali a abóbada de concreto lembra um céu descampado e a espuma da água me refresca. Mesmo sem sono, gosto de me estender na rampa do canal e seguir o desenho dos reflexos no cume das ogivas. Eles imitam a correnteza e se multiplicam com a agilidade de um caleidoscópio. Nem sempre as figuras são discerníveis, mas através dos fragmentos recomponho cenas de sonhos esquecidos. O bem-estar que então se propaga pelos membros é tão flagrante que tenho a sensação de ser feliz.

O idílio só é rompido pelos ratos. Não que eles me ataquem ou impeçam de sonhar; em geral são arredios e se recolhem às tocas quando me proponho a espairecer. O que me aflige são as pupilas vermelhas como pontas de cigarros que vigiam meu sono; mais de uma vez acordei ofuscado por elas. Reduzido à inércia, minha única alternativa é ficar em pé e contemplar a evolução das chispas.

Pelos dentes arreganhados, noto que os ratos vivem famintos; com certeza as manilhas do bairro não retêm resíduo suficiente. Isso explica que algumas ninhadas sejam de tempos em tempos dizimadas pelos adultos. Embora eu não tenha presenciado nenhuma cena desde que estou aqui, os guinchos me alertam para o sacrifício. Eles ressoam nos metais à medida que os olhos se inflamam pelos cantos. Verifico que não estou a salvo do que acontece, por isso tomo providências. Uma delas é percorrer os corredores mais infectos calcando os saltos das botas no chão. As ratazanas decifram os sinais à distância e silenciam durante horas. É verdade que depois voltam a perseguir os filhotes, mas reparo que já estão pacificadas. Quando não se acalmam, recorro ao lixo acumulado e espalho-o com a mão pelos muros; assim que me afasto magotes inteiros começam a comer. Na medida em que se saciam posso descansar sem constrangimento, pois os espécimes mais vorazes se comportam como se eu não existisse: interessa o que ofereço, não o que sou.

Só hoje reconheço que o convívio prolongado com os ratos desfez o medo e a hostilidade. Agora eu me levanto na galeria das adutoras e não encontro nenhum deles à minha espera; visito os patamares de pedra e não os vejo escapulir pelas frestas. Quando me deito para dormir, as pupilas cor de vinho vão se apagando; adormeço cercado de penumbra e sossego. Nas noites frias os menores se aninham nas mechas mais livres do meu cabelo e aquecem o ventre no meu pescoço. Não os afugento porque adivinho no contato mais um conforto do que uma ameaça.

Debruçado agora sobre as poças, apalpo a pasta do tempo na barba emaranhada; as rugas avançam da fronte às pálpebras como as trilhas de um subterrâneo. Não estou mais só aqui do que estive lá fora, mas o tremor do asfalto abala a água parada. A vista registra a lama do fundo e descobre a fermentação que me falta. É de remorso ou embaraço o sopro que risca meus cílios?

Foi observando o movimento noturno das ratazanas que localizei a boca-de-lobo. Tinha notado que ao cair da noite elas se agrupavam na entrada do túnel e desapareciam no escuro. Imaginei que armazenassem em algum esconderijo as provisões maiores. Movido pela curiosidade segui-as sem barulho e dei com a portinhola; ao comprovar que meus ombros cabiam na abertura passei para o outro lado. O cheiro do lixo recente me ardeu tanto nos olhos que custei a divisar as grades do alto. Do chão até as barras de ferro a distância era bem maior que a envergadura de um homem. Tentei agarrar uma delas pulando com os braços estendidos para cima, mas desisti depois de algum tempo: a luz que entra pelas fendas é forte demais e distorce a noção de profundidade. No entanto eu ouvia distintamente a cadência dos passos na calçada e a trepidação dos motores no leito da rua. Enquanto meus músculos reagiam ao choque eu recuperava com lágrimas uma relação que julgava enterrada.

Estava a meio metro das grades quando a manhã iluminou a cela de cimento; mais um pouco e podia segurá-las com as mãos. Durante a noite eu tinha acompanhado as ratazanas e descoberto o desvio por onde elas costumam chegar à boca-de-lobo. Verifiquei que as saliências da construção funcionam como degraus e iniciei a escalada; apesar de ter vacilado algumas vezes e ferido os joelhos e as pontas dos dedos nas arestas, alcancei as traves do bueiro. Ao olhar, escorreguei, desabituado como estava ao desconforto da altura.

O esplendor do meio-dia vibra através das grades e atrai meus sentidos para a agitação da avenida. O perfil dos prédios vara o céu como os muros de uma cordilheira, e o sol que atravessa os gases escorre grosso pelas paredes. Ao longo do viaduto as colunas estremecem e na frente das vitrinas se desloca a maré humana. Agarrado aos ferros, deduzo a história de tensão que arrasta as caras descoradas pelas ruas e não me reconheço no desfile que passa sobre a minha cabeça.

IV.

A asma recrudesceu tanto com a umidade que me vi forçado a voltar ao apartamento. Comecei a subir pelo poço de manhã, mas só cheguei ao banheiro no fim da tarde. Devo ter adormecido no meio do caminho, pois só isso justifica minha demora. É verdade que a falta de fôlego contribuía para a lentidão das pernas e braços. Com efeito, assim que baixei a tampa dei algumas passadas e desabei na soleira do hall. As cenas da escalada se confundiam na minha cabeça à medida que a náusea aumentava. Como num trauma, via e revia o movimento dos dedos sobre as alças de ferro. A muito custo pude dominar o torpor e encher a banheira de água quente. Arranquei a roupa encardida e mergulhei o corpo todo embaixo da espuma. O resultado foi inesperado, porque uma crosta deslizou dos cabelos até as unhas dos pés. Fiquei atento à figura que emergia em silêncio das bolhas; ela duplicava meus membros na banheira com tal simetria que a água escorreu pelas bordas; quando dei por mim os ladrilhos estavam inundados. Ergui-me devagar e pus as pernas para fora; a crosta não se mexeu. Aproveitei a chance e pulei para o centro do banheiro; sem saber o que queria, sentei-me no suporte de madeira a um metro das costas transparentes. Esperei durante um bom tempo que a formação se esboroasse. Ao concluir que ela não só continuava intacta como também fazia menção de puxar a toalha para se enxugar, agarrei o rodo ao meu alance. Depois de levantá-lo com as duas mãos, acertei o cabo bem no meio da cabeça. O conjunto era menos coeso do que aparentava, pois a peça inteira se espatifou ao primeiro golpe. Lembro-me de que a banheira ficou coalhada de cacos; os pedaços que caíram no chão eu recolhi numa pá e coloquei na cesta de lixo. Abri em seguida o esguicho e dissolvi os estilhaços como quem se desfaz de um pesadelo. À proporção que eles desapareciam pelo ralo, eu calculava a alegria dos ratos na saída dos canos: certamente eles estavam gratificados.

Acordo com fome depois da noite bem dormida e vou até o cabide apanhar o roupão; minha vontade é preparar uma omelete para reforçar o café-da-manhã. Assim que passo pelo espelho de parede, dou de cara comigo pela primeira vez desde que voltei: os cabelos compridos cobrem as orelhas e os ombros dobram para a frente. Endireito o tórax o bastante para me surpreender no ângulo do vidro: estou sentado na poltrona e acabo de cruzar a perna sobre o joelho. Não sei se me volto para trás ou continuo me observando de longe; afinal, nunca me vi de fora nessa posição. Apesar da dúvida sinto necessidade de girar o corpo sobre os calcanhares; quando completo o movimento, não me encontro mais lá. Dirijo-me então para a cozinha e me sirvo à maneira dos solitários. Não me detenho muito no pormenor porque me preocupa minha presença no quarto. Talvez me engane, mas suspeito que no fundo eu já estava na poltrona antes de abrir os olhos.

Passei um dia calmo cuidando da saúde: alimentei-me direito, tomei os remédios necessários, escutei música e revi algumas notas. Nem me passou pela cabeça cercar vestígios meus em outras partes da casa.

Mas é o que devia ter feito, pois faz duas horas que não me movo diante de mim. Atraído pelos passos, fui à sala e agora investigo meus traços em busca de um sinal mais preciso: nenhuma discrepância. Na realidade prevejo uma agitação atrás das pupilas, por isso não saio do lugar. O relógio de parede parece parado, embora os ponteiros andem regularmente; a única coisa que eu não noto é o balanço do badalo. Nesse meio-tempo a tarde alcança o centro das vidraças: o fragor da rua bole nas persianas fechadas e o mal-estar da hora se instala debaixo das pálpebras; acompanho os olhos que me examinam. Levanto-me com cuidado do sofá e caminho até a janela; ao me pilhar de costas, respiro aliviado. É o desejo de voar no pescoço nu que me faz virar para a poltrona de couro: continuo sentado e não tenho intenção de estender os braços. Só me distraio quando uma ambulância atravessa a avenida com as sirenes abertas; pela direção do som, ela corre para o prédio do hospital. A imagem dos tijolos à vista cruza a minha mente como uma trégua; assim que volto a mim estou em pé no meio da sala. As tarefas da casa evitam que me ocupe muito comigo. Já constatei que é nas fases agudas de isolamento que não suporto a falta de ordem. Faço o inventário da despensa e da geladeira, enumero os itens necessários, apelo para as economias guardadas nos livros e não recuo diante de um supermercado. Nesse elã, areio as panelas, desinfeto as pias, encero o chão, passo o aspirador no tapete e lustro os móveis com óleo. O cansaço físico não me faz dar por mim nem me tira a disposição; pelo contrário, é ele que me ajuda a dormir no fim do dia; oito horas depois, estou pronto para começar tudo de novo. A melancolia só se insinua quando passo a cuidar das roupas; sei que a partir desse momento estou cada vez mais próximo de mim — sem contar que não me sobra outra coisa senão admirar o que já fiz. Ainda assim encontro pretextos para aperfeiçoar o trabalho, principalmente o de abastecimento. Elaboro as listas de gêneros e utensílios, organizo-os segundo a urgência e a natureza, transporto-os de um armário para outro e depois

141

perco tardes inteiras analisando minha obra. Por mais que pressinta o fim da euforia, não posso negar que estou contente com o que vejo — a um ponto que quase não me percebo criticando tanta inutilidade. Volto-me então para a sala e me estico de costas no sofá. O corpo todo dói por causa da tensão muscular. O pior não é isso: na verdade já sei o que me espera de noite.

O aviso não é um rebate falso: ao primeiro contato com o travesseiro, esbarro na minha pele. Arrepiado dou uma cotovelada no estômago; a resposta é um soco que me derruba da cama. Ergo-me do assoalho e apalpo meu peito por cima do lençol; o coração registra minha falta de fôlego. Por um instante desisto de disputar um lugar sob as cobertas, mas logo me insurjo contra a intrusão. De fato ela se torna cada vez menos tolerável; basta ver que quase não respiro — o ar vai direto para as narinas no acolchoado. É certamente a diferença que me leva ao extremo. Tento me aproximar do estrado e sou repelido por um pontapé nas costelas; as pontas dos dedos se curvam ao choque nos ossos. O exaspero cresce à medida que o tempo passa: o ar não chega aos pulmões e está escuro como nunca neste quarto. No auge da tensão, resolvo agarrar o pescoço com a energia que me resta. Vislumbro apenas os pontos em que ele se implanta no tronco, mas isso já me serve: mergulho do tapete sobre a cama e colo os dedos na minha garganta. Reajo o quanto posso ao estrangulamento; entretanto a aflição que se apodera do meu dorso é mais forte: relaxo os músculos e deixo de me debater. Afrouxo a pressão sobre a traquéia quebrada e me viro de costas completamente esgotado; nesse ínterim, sinto que o corpo ao lado não se mexe. Levanto-me, puxo o lençol de baixo e faço-o rolar sobre o próprio peso para o chão; amanhã me incumbo de guardá-lo em algum armário.

V.

Decidi abandonar o apartamento assim que o corpo entrou em decomposição. Não julgava que o cheiro fosse tão forte nem que me afetasse dessa maneira, o fato é que passei dias e noites com o nariz protegido por um lenço ensopado em álcool. Naturalmente fiquei com a vista inflamada mas o mais grave foi sem dúvida a proliferação de pernas e braços pelos cômodos. No começo o transtorno era suportável porque eles se amontoavam no quarto; aos poucos, porém, invadiam a casa toda.

Foi diante disso que resolvi voltar à galeria dos ratos; esperava que com o tempo a situação se normalizasse. Lembro-me de que lutei para vencer os obstáculos que impediam meu acesso ao banheiro; só depois que desentulhei a área embaixo da pia é que levantei a tampa da tubulação.

A esperança de achar a entrada impelia meus movimentos; a decepção foi dolorosa porque uma rajada me colheu o peito com tamanha violência que tive um ataque de asma. Ainda pude ver meu rosto contraído nas pastilhas da parede, depois caí sem sentidos no chão. Ao me erguer, o vento assobiava forte e as pilhas de braços e pernas chegavam a meio metro de altura. Diante do impasse, reuni a energia de que dispunha e abri caminho até a porta do banheiro: constatei com espanto que a luz da tarde inundava o corredor e deixava entrever os degraus da escada.

Os passos ecoam bem adiante de mim; suponho que se dirigem ao terraço, mas não tenho ânimo de alcançá-los pelo elevador. Estou com as pernas doloridas de andar sem apoio; de mais a mais, o cheiro do corpo apodrecido me persegue de perto. Tento aspirar a brisa que se infiltra pelas ranhuras da parede; em vão, porque os cogumelos se apossaram dela. Já os vejo apontar na sombra: continuam cobertos de fuligem e esticam as hastes com desespero. Quando estiverem à mostra pela manhã, as passagens ficarão impraticáveis e não terei alternativa senão enfrentá-los. Por enquanto resisto parado no cimento e ordeno os sinais que os luminosos imprimem nas janelas. Confirmo que eles apontam para a fuga deste lugar; os músculos porém rejeitam toda disciplina.

Inesperadamente, é com a ajuda dos cogumelos que chego às escadas. Pois assim que a curva do crepúsculo os encobre eles começam a agitar as copas como tendas ao vento. Meus pés são arrastados no tumulto e me debruço sobre a esteira venenosa. A pulsação das artérias dilatadas me atira para a frente; quando a noite cai, estou em cima dos degraus.

Subo colado ao corrimão, por isso não noto o luar na clarabóia. No entanto, a luz é tão transparente que sou forçado a olhar para cima. É nesse lance que a ansiedade me domina, pois entendo a vontade que me leva ao terraço. Uma lua desproporcional oprime o céu. As nuvens correm sobre o olho branco sem atravessá-lo: é como se ele as engolisse na passagem. A linha dos telhados corta em relevo a massa dos edifícios e as sirenes refratam na concha dos ouvidos. Não preciso de esforço para reaver os passos, pois eles estão à minha espera desde há muito tempo. Assim que os recupero, vejo Elisa em cima da amurada. O vento enfuna o vestido branco e fere o ponto sensível dos seios descobertos. Ela carrega uma criança ao colo e uma multidão de ratos se aninha a seus pés. Creio que lhe faço um sinal: ela não responde porque tem as faces voltadas para o horizonte. Meu primeiro impulso é segui-la orientado pelo luar, mas não consigo resistir ao apelo que vem de baixo.

O sopro da rua aquece meu rosto e eu reconheço da altura a forma irregular do Largo. Os faróis retalham as esquinas e destacam da sombra pedaços de estátuas e árvores; ao longe o viaduto oscila sobre as colunas de concreto. Olho em linha reta para baixo e tenho a primeira vertigem; contenho-me porque capto as vozes que chegam da calçada. Por uma fração de segundo não me acho só; mas as vozes são absorvidas pelo trânsito e não retornam mais. Abro então os braços e descrevo no ar os gestos de quem se descobre num espelho sem fundo.

145

Possuir o que me possui

AS FACES DO INIMIGO

É à tarde que vejo os pêlos crescerem no meu corpo. Instalo-me no meu quarto, sento-me no meio da cama e munido de uma lupa que guardo à chave numa escrivaninha de aço fico observando essas explosões silenciosas da minha pele. Nem preciso dizer que nesses momentos o tempo deixa de progredir à minha volta: ele fica encravado nas dobras do meu corpo como uma sujeira adormecida. Enquanto isso eu me entrego, com uma paixão escolada, à tarefa de vigiar essa vida estranha que evolui em mim mas à minha revelia.

Preciso esclarecer que sempre olhei com muita desconfiança unhas e cabelos: a simples insinuação de que eles escapam a todo controle me enfurece. Por isso resolvi vistoriá-los todas as tardes com a ajuda desta lente excepcional. Compenso, com a vigilância implacável, o desconforto de saber que eles crescem por conta própria. Eu a exerço sem o menor constrangimento. Se vejo um pêlo da perna ou da orelha crescendo torto ou fraco; se ele não se ajusta à sime-

149

tria que sinto necessária ao meu rigor, não hesito: alcanço uma das pinças que ficam à minha mão e extirpo-o com um golpe seco para não deixar raízes nem seqüelas.

É verdade que esse trabalho tem se tornado intenso e dispendioso: a multiplicação dos pêlos é abundante, uma revista eficiente exige a atenção mais pertinaz, os espécimes rebeldes proliferam, a conta de luz, por causa dos refletores, sobe sem parar, e a reposição das pinças — são tantas as que perdem a garra — transformou-se de lúdica em exasperante. Estou ciente, além disso, de que por melhor que seja minha lente têm aparecido por toda parte instrumentos de maior precisão, e não me sinto bem quando me surpreendo desatualizado — principalmente num setor importante como este. A esses pequenos percalços devo acrescentar o medo de perder a acuidade dos dedos indispensáveis à minha missão. Mas sei que se trata apenas de um temor passageiro, por isso não o levo a sério.

Sério mesmo parece o pensamento que me veio à mente quando terminava, já no crepúsculo da manhã, uma das mais árduas sessões de vigilância sobre os pêlos dos membros inferiores: o que será que *eles* acham de tudo isto? Fiquei tão mortificado com a minha pergunta que tive de me olhar no espelho, para me ver de fora. Ocorreu-me então, diante daquele rosto abismado, que muito pouco se pode fazer contra as manifestações espontâneas.

NOITES DE CIRCO

O corpo estava literalmente estendido no chão, mas à vista desarmada era impossível perceber que os botões e as pregas da roupa haviam rebentado. Nem por isso o silêncio da platéia deixava de ser compacto. A única manifestação de vida vinha da galeria, onde os espectadores, sorrindo, tapavam o nariz com os dedos.

O pormenor, em si insignificante, realçava a imobilidade das primeiras filas. Quem olhasse para aqueles rostos graves não podia imaginar que o cadáver apodrecesse havia tanto tempo na arena. É plausível que nos níveis próximos ao centro a decomposição fosse sentida como um truque do prestidigitador. Nesse caso a atitude solene acompanhava o movimento mais amplo da ilusão.

Nada impedia porém que o desconforto caminhasse nas dobras do espetáculo. Assim é que os palhaços deslizavam na sombra, os leões não rugiam, os trapezistas acariciavam pensativos suas balanças.

Essas fraturas roíam o espaço com o ímpeto das pausas venenosas: quando o riso da galeria chegou ao palco, a majestade do cadáver já era um peso morto.

CHORO DE CAMPANHA

Quando vi a velhinha no sobrado onde funcionava o grupo escolar, chorei pela primeira vez desde o início da campanha. Os cabelos dela estavam brancos, os pulsos acusavam um desgaste de cem anos. Nada mais naquele corpo lembrava a coordenação impecável de mãos, braços e olhos no instante do castigo corporal. Senti nos dedos a dor aguda que chegava aos ossos, as linhas da sala modelando o roteiro de réguas e palmatórias. Um ajudante-de-ordens interrompeu-me dizendo que estava na hora do banquete oficial. Despedi-me da mestra com pesar e quando endireitei a espinha tive a sensação de que no brilho de aço dos seus olhos havia um halo de sombra. Os lábios porém conservavam um ar escarninho que me deixou confuso.

No banquete o movimento foi intenso e as atenções à minha condição de candidato devolveram-me o bom humor. Por isso não dei maior importância ao acidente com a esquadrilha da fumaça, que acabou num incêndio em campo aberto. Concentrei-me na picanha que estava quase crua e enxuguei o sangue no miolo de pão. Suporto mal a vista de sangue no prato; o gosto eu em geral corrijo com molho vinagrete.

Acho que naquele dia o tempo voava: ao entrar no carro, de volta ao aeroporto, a cidadezinha já estava morta. Na linha das colinas pairava um pôr-do-sol melancólico. É muito natural que o entardecer comova, principalmente no lugar onde se passou a infância.

Essa reflexão entretinha meus sentimentos quando divisei na rua principal os muros da casa de detenção: atendendo a um apelo surdo, mandei o chofer parar. Desci a pé até o monumento, o pessoal da segurança invadindo o espaço deserto.

O que então aconteceu deve ter sido muito rápido. Pois assim que entrei no prédio reconheci de um só golpe a atmosfera que havia inspirado meus primeiros sonhos de poder. Uma alegria inesperada agitou meus músculos de velho: diante das celas, das portas severamente guardadas, dos ecos que vinham do fundo sujo dos corredores, a ereção era inevitável. Foi aí que chorei pela segunda vez. Mas o avião me esperava e a visita fora de programa, apesar de fascinante, não podia prosseguir.

Ia me retirar quando dei de cara com um espelho de canto. Alguma coisa nele chamava a atenção. Aproximei-me com cautela e vi: na superfície rasa uma farda sem pescoço caminhava ao meu encontro. Como não entendo nada de miragens, virei as costas e parti.

MABUSE

O olho me espia e sua carne é violeta. Não se abre — enruga a flor e não se abre. Me vê do desvão, do desvio, do tubo roxo.

O olho é vazio: só as abas sustentam o forro crispado. Quando ele arfa, copado e rancoroso, o violeta vira sangue; se abre o forno, as gengivas mastigam os caules de calibre grosso.

O olho me espia. Estou debaixo das pálpebras pisadas, a cara iluminada e só. A penugem balança no ritmo do meu sopro.

O olho estremece os cílios, o seu corpo de sinais: o rego regurgita. A fenda cresce, cheia até a boca, e o olho caga no meu rosto: estou vivo.

PISTA DUPLA

Muito pouca gente percebe que eu tenho duas caras. Não que o fato me envergonhe e que por isso eu tente ocultá-lo. Em termos concretos, o fenômeno se explica pela circunstância de uma cara adaptar-se à outra de tal maneira que as duas se confundem. Evidentemente não quero afirmar que elas sejam iguais: a própria necessidade que têm de se completar é a melhor prova de que se distinguem uma da outra. Pensando bem, o que define esse comportamento dúbio é a integração de ambas num sistema auto-regulado.

Nada impede, é claro, que entre as duas haja desacordos. Sem falar nos mais banais, não é raro que uma só faça o que a outra repele. É verdade que o inverso também vale, e aí o arbitramento é impraticável.

Talvez isso justifique minha angústia, uma vez que ao decidir coisas opostas tenho de agir num único sentido. Hoje estou convencido de que em mim as rugas surgiram menos em função da idade do que de contrações simultâneas para os dois lados. Mas conforta-me saber que o apuro de duas caras paralisa menos que uma expressão chapada. Pois aprendi que é da ausência de conflito que nasce o pavor.

AS MARCAS DO REAL

Os estudos mais recentes confirmam que desde a adolescência Georg Trakl consumia ópio, clorofórmio, veronal e cocaína. Explica-se: sua mãe, Maria, uma protestante de Praga rejeitada pela comunidade católica de Salzburg, passava os dias fechada no quarto às voltas com bonecas de louça; os filhos ficavam sob os cuidados de uma governanta. Há quem diga que durante muito tempo Maria foi viciada em narcóticos pesados.

Tobias, o pai, era um atacadista próspero mas faliu quando Georg fazia o secundário. Os biógrafos o descrevem como um homem vulnerável; num poema do filho, a figura recorrente do pai se transforma em ancião coberto de lepra.

A vida afetiva do poeta estava orientada para a irmã mais nova, Grete, que as fotografias mostram crispada e bela. Foi a única pessoa que ele amou: tornou-a sua amante e induziu-a ao uso de entorpecentes. Costumam identificá-la com a Forasteira e a Monja dos versos da última fase. Depois de estudar piano em Viena, Grete casou-se em Berlim com um homem muito mais velho. Georg visitou-a uma só vez, quando ela teve que praticar aborto e quase morreu. Abandonada pelo marido, suicidou-se com um tiro dois anos depois da morte do irmão. O último poema, "Lamento", refere-se à "irmã de tempestuosa melancolia".

Sem recursos financeiros próprios a partir dos dezesseis anos Georg foi obrigado a trabalhar como balconista e funcionário público para ganhar a vida. Mas não fez carreira: esquivo ao convívio e à rotina, ficou duas horas no melhor emprego que teve — um posto burocrático no Ministério do Trabalho. Seu único título na vida acadêmica foi o de farmacêutico; na época o cidadão austríaco podia estudar farmácia sem ter concluído o liceu. É plausível, porém, que o poeta tenha feito a escolha pensando num acesso mais fácil às drogas. Quem lê seus poemas reconhece a experiência do drogado: o texto alimenta-se de um cortejo de imagens intensamente coloridas onde deslizam barcas e papoulas.

Isso não impede que a dicção da obra seja clara e segura, lembrando um mundo complementar à realidade histórica circundante. Pois esta vivia uma crise sem precedentes desde que a Monarquia do Danúbio perdera as bases de sua sustentação social. Há indícios de que Georg registrou essa ruptura na subjetividade desintegrada do psicótico. Seus melhores poemas — aqueles que dos vinte e cinco aos vinte e sete anos escreveu e burilou nas costas de envelopes e guardanapos — falam de noite e decomposição, à qual não falta contudo o brilho tenaz da redenção. Sem dúvida isso remete a Hölderlin, poeta com quem Georg tinha grande afinidade. Em *Patmos* consta que onde há perigo cresce também a salvação.

Quando estourou a Primeira Guerra Mundial, o poeta alistou-se como voluntário porque estava desempregado. Imediatamente enviado a uma frente de batalha, participou como oficial-farmacêutico da chacina de Grodek, na Galícia. Foi nela que se viu cuidando de uma centena de mutilados aos quais não podia socorrer por escassez de remédios. Ao seu redor, pendurados em árvores, balançavam os corpos de soldados enforcados por falta de bravura. Georg puxou o revólver e tentou matar-se, mas foi impedido pelos companheiros e despachado com escolta para o sanatório militar de Cracóvia. Diagnosticado como esquizofrênico (*Dementia praecox*), ficou internado quinze dias numa cela acolchoada ao lado de um tenente delirante. Nesse lugar recebeu a visita do amigo e protetor Ludwig von Ficker, a quem entregou os originais dos dois últimos poemas, "Grodek" e "Lamento". Na noite de 3 de novembro de 1914, não se sabe como, tomou uma dose violenta de cocaína e sofreu uma parada cardíaca. O mais provável é que tenha se suicidado. Três dias depois, chegava ao hospital, trazendo-lhe dinheiro, o lógico vienense Ludwig Wittgenstein, que admirava sua poesia embora afirmasse não entendê-la. As linhas finais de "Grodek" dizem o seguinte:

Uma dor poderosa nutre hoje a chama do espírito,
Os netos não-nascidos.

Georg já estava enterrado no cemitério Rakowicz de Cracóvia quando saiu na Alemanha *Sebastian em sonho*, coletânea de suas primeiras obras-primas. Ao ler o livro em 1916, Rainer Maria Rilke perguntou: quem teria sido ele?

FENDAS

Examino as poças do meu crânio: são negras e contrastam com o resto da paisagem. Algumas invadem a nave cinzenta, outras são fundas como alçapões; o que parece defini-las é a estagnação. É verdade que isso não passa de reflexo provocado pelas condições de visibilidade: de perto todas as poças fermentam. À beira da menor, observo seu comportamento: são capas de matéria morta trabalhadas por insetos de arame. Noto que eles têm os olhos excitados e que no conjunto suas pupilas reproduzem o traçado irregular da lama. Se o vento sopra, a superfície preta enruga e as perninhas desaparecem; logo depois ressurgem enroscando as garras nos fiapos da margem. O estranho é que os feixes de luz não as penetrem: por mais que acusem avanços exteriores, as poças são indevassáveis. É manifesto porém que conhecem o som, uma vez que as palavras as fazem vibrar; sentado numa moita de cílios distingo letras nas ramagens submersas. Deduzo que certas formações acompanham a correnteza segundo um código anônimo; talvez por isso o sentido das frases me escape. No entanto, pode ser que tudo se explique por causa da temperatura: há momentos em que as camadas mais profundas se congelam, outros em que soltam bolhas de vapor. Percebo nos atos de cristalização e desmembramento que a velocidade dos insetos aumenta muito; com a multiplicação das antenas em círculo a voragem cava o túnel que desvenda os ossos. Só em meio à dispersão violenta aparecem as sombras do fundo: seus mantos estalam como asas. Contemplo-as ajudado por lentes de contato, pois de longe elas empastam. Evidentemente nem todas mostram o rosto, mas sua cor é pálida; em geral têm a forma de desejos contrariados. Estimulado pela dança, pergunto-lhes o nome; nenhuma responde — apenas as pregas do tecido dizem algo incompreensível. Vencido pelo silêncio, volto-me para as dunas ao redor: a curva da tarde coincide com o movimento do meu corpo. Vejo nesse lance os dedos apontando para a saída; levanto-me e piso na poça mais próxima como quem caminha sobre a chuva que passou; um passo adiante sinto nos joelhos que o sol ainda ilumina as ruas do meu bairro.

ÁGUAS DE MARÇO

Sentada diante de mim, ela fala sem parar; não entendo uma palavra. A única coisa que capto com clareza é o volume de água crescendo. Presto muita atenção ao movimento da maré na mesa de fórmica e não me alarmo quando os borrifos de espuma mancham minha camisa. Passo os dedos em cima das bolhas e reconheço que a temperatura é normal. Enquanto isso o rosto à minha frente chega à crispação. Nada me impede porém de acompanhar as manobras cada vez mais afoitas dos surfistas no molejo das ondas. Reparo que todos têm os cabelos da mesma cor; como o amarelo da parafina é insistente, o contraste com o azul-marinho me distrai. Deve ser por causa disso que fico tão dividido: não sei se me fixo nos lábios dela ou nas vicissitudes da preamar. Há um momento no entanto em que registro o envolvimento do toldo pelas nuvens de chuva: daqui a pouco o sorvete vai pingar do reclame em cima das nossas cabeças. Percebo por outro lado que a paisagem tem um aspecto sombrio; não é exagero pensar que a arrebentação pode vazar da beirada e afundar meus pés. Um ímpeto de prudência me obriga a suspender os sapatos do chão; coloco-os a salvo sobre o suporte superior da mesa. Já reassegurado volto a encará-la: no meio da cerração, seus dentes parecem holofotes. Suponho que esteja concluindo novo argumento, pois cruza os braços na direção do meu olho. Não o compreendo bem porque rastreio dois submarinos que emergem do fundo da tábua com as sirenes abertas. Quero compor o gesto de quem abafa um ruído intolerável, mas o que faço realmente é enfiar o dedo na cavidade do ouvido. O garçom nota alguma coisa estranha e vem até a margem; para evitar maiores transtornos, peço um conhaque; quando a bandeja some atrás do avental, respiro aliviado. Ao reconduzir o pescoço para um eixo de visão adequado, me dou conta de que os surfistas desapareceram: está anoitecendo. Nesse lance ela decifra em algum feixe de músculos da minha face a determinação de pagar a conta e ir embora. Por isso se levanta, tira a capa e sobe ao espaldar da cadeira disposta a se matar. Tento demovê-la, mas não consigo. Ela fica gritando coisas pesadas: é o que sempre faz quando escurece. Seguro-a gentilmente pelo cotovelo; ela morde meus dedos e se atira de ponta-cabeça na água. Peço socorro, corda, salva-vidas: ninguém se mexe e não sei nadar. Preso à cadeira diante do oceano, observo os segundos se atropelando no mostrador: o corpo não sobe à tona uma só vez. Ergo-me completamente molhado e caminho até o balcão para telefonar; sei que a esta hora não vou encontrar seus pais em casa mas estou decidido a fazê-lo. Se

165

eles não tiverem chegado, preciso enfrentar sozinho as filas de fim de semana para conseguir o atestado de óbito; de cara franzida no espelho, disco o número e fico aguardando a resposta com um começo de enjôo.

SAGRAÇÃO DA PRIMAVERA

Eu já estava fazendo a barba quando Aurora entrou no banheiro e foi sentar no vaso. Atribuo à sua habitual falta de concentração a iniciativa de me recriminar. Pois no momento cabia-lhe a postura de flor no sanitário. Quero dizer que antes havíamos saudado a primavera com um ato ritual. Isso foi o suficiente para que ela me chamasse de burocrata. Evidentemente a questão não é ociosa — ela toca a raiz do mito. Basta ver que a primavera atormenta o ano com seus buquês e a comunhão dos corpos só refaz o fenômeno se neles repõe o fervor. Admito que não foi esse o nosso caso, porque o despojamento tinha levado ao chavão. Acresce a insistência do olhar vendo a todo instante a mesma imagem desgastada. Não espanta que as cortinas sufocassem o clamor de Aurora e a invocação dos seus dedos róseos: brados sagrados não removem a cera dos ouvidos. Seja como for, o fato é que ela vociferava no banheiro. Voltei-me acuado e mergulhei o *spray* de barba na garganta escancarada. Certamente o ímpeto foi desproporcional ao estímulo; quando larguei a lata a espuma jorrava pelas narinas. É possível que agora tenha secado e que os dedos de Aurora estejam roxos como certas espécies de lírio. Mas no fundo nada mudou nesta casa: no meio do silêncio, meu único refúgio é lembrar que setembro é um mês cruel.

EROS E CIVILIZAÇÃO

Era tarde quando Marta abriu as pernas. Havia pouca luz no quarto, mas isso não impedia que as lâminas dos pequenos lábios rasgassem a obscuridade com reflexos intermitentes. Diante dos meus olhos as chispas moviam-se silenciosas tecendo no ar uma trama de traços metálicos. Na espiral que ia da cama ao teto os fios armavam afinal uma estrela pontuda. Com a face direita voltada para a projeção noturna, coroamento do espetáculo, Marta chegava à serenidade do dever cumprido. O estranho é que apesar de tudo ela ainda chorasse. Para atenuar uma dor que parecia sincera, peguei a banana da fruteira e a ofereci à voracidade das lâminas. Sua comoção não se fez esperar: em poucos segundos nada mais restava na palma da minha mão. As lágrimas porém ainda vincavam a planície gelada. Foi então que me ocorreu aparar as unhas no inquieto mecanismo. É verdade que nesse gesto havia mais interesse que solidariedade, pois havia muito tempo eu não as cortava decentemente.

Devo admitir que o serviço foi perfeito, mas por inadvertência meu polegar recebeu um talho profundo na carne. Fantasia ou não, quando o sangue pingou no lençol senti nos pêlos do braço um sopro forte que vinha do buraco à minha frente — algo parecido com um riso de desabafo. Os olhos porém continuavam magoados, não sei se de ódio ou de simples melancolia. Foi por isso que abri as portas de par em par e fui enfrentar a noite sem nenhuma esperança de compensação simbólica.

CRIME E CASTIGO

Estava esfriando quando Milena entrou no meu escritório e ficou plantada em frente à escrivaninha com uma espada na mão. Embora o rosto fosse o mesmo de anos atrás, os traços haviam endurecido; da boca a voz jorrava como um punhado de pregos. Como ela continuasse em pé diante de mim, levantei-me e ofereci-lhe um cigarro. Tinha presente que não podia entender as queixas de Milena porque já não me lembrava do seu código pessoal. Mesmo assim, me dispus a ouvi-la — a ponto de indicar-lhe uma poltrona ao meu lado. Foi nesse gesto que notei a mudança no fundo dos olhos: as pupilas tinham diminuído de tamanho e só cobriam o oco entre as sobrancelhas e o que restava de mim na sua memória; não fiquei surpreso quando ela me chamou pelo apelido de juventude e me empurrou de volta para o assento da cadeira. Fiz o possível para me controlar, mas o máximo que consegui foi percorrer as teclas da máquina de escrever à procura de uma falha antiga. Minha angústia agora aderia aos movimentos do seu tronco, uma vez que dali partiria a consumação de toda e qualquer providência: a espada começou a subir resplandecente à altura do peito e desceu seca sobre os meus punhos. Escutei o barulho do metal nos ossos enquanto o sangue espirrava em cima do tampo de madeira; o mais curioso é que me distanciava da cena para vê-la através da janela. Creio porém que a experiência foi fecunda, pois ao enxergar as mãos decepadas fui invadido pelo alívio de quem espia conscientemente a própria culpa.

VENTO OESTE

O olho do furacão ficou plantado apenas alguns segundos na janela do meu quarto; em breve os vidros se espatifaram e a ventania destroçou a porta do corredor com um estrondo. Nesse instante os armários embutidos se abriram e as roupas voaram para todos os lados; deitado na cama de casal eu via o desfile de vestidos subir em espiral até a mancha escura que devia ser o céu. Apesar da solidão, sentia-me protegido e contemplava o espetáculo como se não participasse dele. Cordélia fazia as últimas compras do dia e eu a esperava para o jantar em família. O ímpeto da tempestade não me atemorizava, embora eu registrasse os seus estragos; por isso não fiquei alarmado quando o espelho de parede rolou no chão e os cacos foram sugados por um funil. A essa altura o furacão roncava perto de mim, descolando os tacos do assoalho e atirando-os como folhas pelos vãos do teto; a cama oscilava na massa de ar e eu começava a sentir enjôo. Não obstante, consegui acender um cigarro embaixo da coberta e só me preocupei no momento em que a ponta do parafuso alcançou meu peito; eu estava de pijama e não podia impedir que suas voltas me arrancassem os pêlos da pele. De olho no relógio, percebia claramente que Cordélia ia chegar tarde demais: o tufão já abria um rombo no osso e o coração não tardaria a saltar para fora como uma rolha comprimida em excesso.

O CÚMPLICE

E le estava sabendo que eu tinha um dente podre e dolorido, por isso passei a evitá-lo. Pode parecer estranho que alguém fuja de outro por causa de um dente estragado. Nesse caso porém os motivos são específicos. Em primeiro lugar, porque ele vive à minha sombra; em segundo, porque as semelhanças entre mim e ele são tantas que anulam os contrastes mais notórios: quem olha de fora imagina que somos a mesma pessoa. É claro que isso não passa de uma ilusão: basta ver a euforia que o acomete quando meu dente dói. Nessas ocasiões tenho a sensação de que o olho requintado de uma fera fica cruzando o caminho. Evidentemente ele desaparece logo que a dor some; mas ressurge com ímpeto dobrado assim que a gengiva começa a formigar.

Prevendo um incidente mais grave, decidi agir em causa própria. Admito que o resultado não se fez esperar: pressentindo à tarde que a dor não chegaria ao anoitecer, vasculhei a casa à procura de um instrumento adequado de defesa. Acaso ou não, topei na escada do quintal com a velha espingarda de repetição. Ela estava enterrada no pó, mas lá do fundo o metal emitia o brilho hipnótico de sempre. Nesse lance eu a revi na mão direita de meu pai, comandando de longe o trabalho dos homens. Quando o velho morreu, ela entrou no inventário da família e veio parar nas minhas mãos. Por insensibilidade ou falta de visão, deixei-a de lado e nunca mais a vi. Suponho que só a malícia do tempo explique a seqüência de gestos que me levaram a reavê-la na hora do perigo.

Foi estimulado por essa confiança tardia que me postei no centro da sala à espera de que ele aparecesse. Meu batismo de fogo foi dobrar a impaciência: a noite já ia alta quando ele deu os primeiros sinais de vida. Mesmo assim tive que desferir um soco na cara, à altura do dente lesado, para que a dor o chamasse à minha presença. Sem dúvida o baque foi forte demais — ele só faltou pular no meu pescoço. Eu percebia nitidamente que minha única chance era a agilidade mental. Foi o que aconteceu: acuado pelo pavor, apertei os dois gatilhos de uma só vez, a mira voltada para o meio da testa. Confesso que nem de longe imaginava a potência da arma: o duplo disparo espatifou os vidros e eu cai no chão com o coice do recuo. Quando superei o susto, vistoriei o espaço aberto à minha frente: nada que não fosse a fumaça expelida pelos canos. Mas continuei a busca com minúcia neurótica a ponto de verificar se havia alguma coisa nas franjas do tapete. Obviamente ali não se mexia vivalma — e pela primeira vez em muitos meses pude respirar aliviado.

Mas o sossego não durou mais que algumas horas: ao sair do êxtase notei que após a caçada eu não tinha sentido a menor dor de dente. Isso poderia significar que ele voltaria caso ela também voltasse. Quero crer que esse dilema seja freqüente. Quem convive com os seres da sombra sabe muito bem que eles se apegam à vida assim que nós os tornamos necessários.

DUELO

Eu já não suportava a arrogância de meu pai quando decidi acabar com ele. É evidente que minha primeira providência foi encontrar uma arma eficaz. Guiado mais pelo instinto do que pela memória, descobri a foice. Preciso lembrar que aos domingos eu costumava cuidar do jardim de casa: ao bater com os olhos no metal alemão da lâmina, cheguei a rir alto. Levei o instrumento na manhã seguinte ao afiador do bairro; reluzente como um desafio, a foice ficou pronta à tarde; tomei o cuidado de envernizar o cabo antes de guardá-la em pé no armário do corredor. Só a partir desse momento comecei a praticar esporte para recuperar a musculatura. Na adolescência eu tinha sido atleta militante; o desfibramento apareceu assim que entrei para o escritório. Quem me visse nos últimos anos não acreditaria que fui um dos melhores lançadores de dardo da minha geração. Escolhi nos treinos os exercícios mais severos; para intensificá-los, deixei de freqüentar a escola noturna. Os resultados não tardaram a chegar: em pouco tempo nada que não fosse couraça restava na superfície do meu corpo.

Não é ocioso esclarecer o que imprimia tanta clareza às minhas determinações. Já disse que não suportava a arrogância de meu pai: reconheço que a afirmação é abstrata. Seria necessário viver a humilhação do dia-a-dia para poder entendê-la. Ela incluía um repertório tão diferenciado de investidas que parece impossível inventariá-las: basta ver que iam da persuasão retórica ao terror. Naturalmente o pior sempre foi o lance corrosivo das iniciativas capazes de minar todo tipo de segurança. A mais devastadora era sem dúvida o vôo rasante da madrugada. Pensando retrospectivamente, tenho certeza de que meu pai ficava postado horas em cima do corrimão à espera de que eu voltasse da escola. Em geral após as aulas eu me demorava com os amigos à mesa de um bar; quando abria a porta da casa, nunca era menos de meia-noite. Não sei se isso o irritava ou se ele usava a demora como pretexto para os raides punitivos: o fato é que se projetava de asas abertas em cima da minha cabeça. Nesses instantes de fulguração, os vidros da sala estremeciam e eu perdia o equilíbrio. Prostrado nos degraus da escada, podia vê-lo acionar furiosamente as penas do corpo; no final faltava-me tônus muscular para impedir que me cravasse as garras na nuca e me despejasse no quarto como um pacote inútil.

O mais impenetrável era a polidez do dia seguinte. Certamente ele se comportava como se nada tivesse acontecido; impecável no seu terno de tropical lustroso, ele me per-

179

guntava como iam as coisas no escritório e na escola enquanto passava geléia na torrada; caso eu não respondesse por falta de voz, ele deslizava sorrateiro para qualquer amenidade à mão. Reconheço que representava o papel sem o menor tropeço: quem olhasse de fora veria nele um *gentleman*. Acontece que do meio do rancor eu acompanhava com minúcia todos os seus gestos e não podia deixar de reparar que os raios de sol reverberavam na curva abrupta do seu nariz; além disso, era evidente que uma pele amarela recobria maldosamente seus olhos de rapina.

Não acredito que tenha resolvido matá-lo por imperativos morais: sou estranho a eles. O que no fundo me impelia era surdo com um aceno de redenção. Foi excitado por essa febre que ontem à noite entrei em casa disposto a tudo; devia ser mais de uma hora. Olhei para cima como de costume e tremi ao verificar que ele não estava no alto do corrimão; a surpresa durou pouco porque no segundo seguinte ele saltava do lustre no meu rosto. Recebi a violenta chicotada na face esquerda e caí no assoalho; mesmo atordoado estava convencido de que se me levantasse e corresse ele me seguiria. Foi o que aconteceu: vendo mover-se à minha frente a sombra descomunal de sua envergadura, abri a porta do corredor e me atirei de encontro ao armário; na seqüência prevista puxei a foice de dentro e girei-a no ar com um jogo de cintura perfeito: a lâmina acertou a ave no meio da cabeça. O embalo do vôo baixo por sua vez multiplicou o impacto de tal modo que o deslocamento escancarou uma das janelas: o animal desabou na penumbra esguichando sangue pelas paredes. Refeito do susto, esquartejei-o em alguns minutos: meus gestos devem ter sido muito econômicos, pois diante dos olhos eu só enxergava o movimento de braços descendo e subindo.

Ao me retirar com as barras das calças ensopadas, notei pela janela que estava fazendo um luar esplêndido: imagino que o sangue coagulou logo. Seja como for, a porta do corredor está travada com ferrolho e vai ficar fechada enquanto eu viver nesta casa.

O JOGO DAS PARTES

Quando o pano de boca do teatrinho subiu, senti os joelhos tremerem. Olhei em volta, mas a escuridão velava os rostos; de vez em quando um facho de luz iluminava uma fileira de dentes. Essa circunstância aumentava minha ansiedade, já que suprimia os pontos de referência mais próximos. Só me acalmei ao apalpar o tambor do revólver no bolso: o aço gelado abria uma clareira na confusão. Ainda assim não consegui desviar a vista do palco: os efeitos sonoros já pontuavam a chuva nos vidros da janela pintada.

Realmente eu estava inquieto; o quadro porém era simples: entrando pela porta da direita tateava até a mesa sem dizer uma palavra — apenas monossílabos em cima do tapete. Ao chegar ao centro, acendia o castiçal e segurava-o à altura do peito. Num rápido movimento de pescoço, notava que os sussurros ecoavam na quina da quarta parede; caminhava aflito para o foco invisível, a peruca balançando no ritmo do corpo. Enquanto isso a tormenta engrossava;

uma seqüência de relâmpagos atraía meu olhar para o espelho oval do cenário de papelão — e nesse instante eu via os lábios descarnados de Olímpia. O jogo de luzes era precário, mas eu recuava repetindo várias vezes a palavra *não*; no clímax a cortina baixava ao som de trovões distantes. A cena curta sustentava o suspense da peça; o público aplaudia com estardalhaço antes que o pano tocasse o chão. No entanto nada me tranqüilizava: ao tomar o ônibus para o subúrbio invariavelmente transpirava muito. Isso não significa que estivesse à vontade naquela noite; com efeito, ao subir a escadinha da platéia tropecei nos degraus de madeira e rolei em cima do revólver; minha sorte foi ter travado o gatilho antes de sair de casa.

Não preciso dizer que meu coração estava aos pulos ao me sentar entre os espectadores: não enxergava coisa alguma pela frente. Isso explica o tremor nos joelhos e a necessidade de calma; sabia de toda forma que a sala estava cheia e que a função começava. Apesar de tudo não hesitei em me levantar na hora certa e abrir caminho da fila onde estava até o poço da orquestra; nesse ínterim já tinha acendido o castiçal e me preparava para ir à ponta do palco. Ao estacar diante do espelho oval, saquei a arma e visei a cabeça; no terceiro não, disparei. O tiro foi quase à queima-roupa e a bala perfurou o rosto embaixo do olho; logo que caí no tapete voltei à poltrona. Tenho a impressão de que no primeiro momento ninguém disse nada; talvez confundissem o que estava acontecendo com o enredo da peça; ao gritar de dor no palco, veio o pânico e as luzes se acenderam. Ainda entorpecido eu via as pessoas correndo; as que ficavam sentadas também não escondiam o medo. Quanto a mim, continuava indiferente ao tumulto; com a nuca apoiada no espaldar da poltrona espiava o sangue escorrer do olho para a boca como uma lágrima perdida.

REFLEXOS

Eram raras as manhãs em que eu não acordava mutilado. Talvez por sonhar abundantemente à noite, ainda hoje o ato de sair da cama é para mim uma experiência traumática. Creio que aceitaria isso com naturalidade se não fosse a escassez do estágio intermediário ou o desconforto dos seus lances materiais. Pois é inevitável que ao acordar alguém tenha que refazer um contato penoso com os objetos. Não preciso lembrar que a presença deles me perturbava pelo fato de existirem fora de mim. Em relação às pessoas, o choque era certamente mais grave: ao captar o insulto de suas sombras na parede meu primeiro impulso era liquidá-las. No conjunto, esse transtorno tornava a vida impraticável uma vez que eu era obrigado a acordar todos os dias. Por mais que me protegesse, sempre esbarrava num par de sapatos ou no nariz de uma cara conhecida. Coincidências como essas eram suficientes para que me sentisse ameaçado. Nessa perspectiva, é compreensível que as reações de defesa fossem veementes: em mais de uma ocasião me atirei pela janela ao primeiro raio de sol.

Os agravos tinham ficado freqüentes quando resolvi buscar uma saída. A decisão parecia razoável na medida em que nada do que acontecia me beneficiava. Em termos concretos eu enfrentava de manhã a necessidade de reparar danos físicos ao corpo e à comunidade. A repetição diária minava o desejo de um convívio transparente com o mundo. Foi ciente do prejuízo objetivo que deliberei tomar as providências cabíveis. Após algumas tentativas malogradas, cheguei à suspeita de que os espasmos estavam relacionados com a imagem negativa que os seres autônomos imprimiam na minha disposição de ânimo. Sem dúvida o impacto da descoberta foi alarmante: ele propunha uma reversão de expectativas a meu respeito. Isso significava que o cerne da questão estava em mim, não neles. É óbvio que as coisas não são tão simples como pretendem as formulações abstratas. É verdade que se passaram meses antes que eu incorporasse o achado aos contornos do meu dia-a-dia. Durante esse tempo achei conveniente refugiar-me na caixa-d'água para traçar as linhas mestras de um novo comportamento. Imagino que a reclusão tenha sido útil, porque me pôs a salvo de interferências nocivas; mas não cheguei a nenhuma solução de ordem prática.

De certo modo ela só veio por acaso: ao levantar-me tarde no meio da semana bati com o ombro numa lâmina de vidro erguida aos pés da cama. O acontecimento era tão inesperado que me vi forçado a dirigir o olhar para ela; em geral desvio a vista de todo tipo de projeção. No entanto a circunstância de me descobrir inteiro no espaço interditado restituía-me a unidade esfacelada no sono. Eu me surpreendia nadando na superfície do vidro; a diferença é que permanecia atônito e de pijama deste lado do quarto. Só assim pude entender que o essencial estava feito: ao apalpar braços e pernas fui invadido por um frescor inusitado. Embalado pela sensação de coisa recente, atravessei móveis e passantes; constatei que eles eram manifestações felizes da minha autoconsciência. É possível que houvesse aí uma margem de engano; mas passei a registrar claramente o que enxergava. Admito que no início essa lucidez me perturbou; hoje a considero sensata e agradável como abrir as cortinas de um sobrado no auge do verão.

A MANTA AZUL

Dobrei a esquina cheio de culpa: embora nenhum relógio soasse por perto, era evidente que a chuva tinha lavado o céu fazia muito tempo. Foi nesse clima de insegurança que acompanhei a enxurrada até a altura da casa. No caminho pensei em mais de uma justificativa, mas todas me pareceram infantis. Só me resignei com o atraso ao me dar conta de que não conhecia o seu motivo. Fosse como fosse, hesitei na entrada: tinha notado que a porta estava entreaberta e interpretei o fato como um mau sinal. Diante disso atravessei a área da frente na ponta dos pés e espiei pela fresta. A obscuridade dentro era maior do que eu supunha olhando de fora; não vi nada mas pude perceber que minha mão já não alcançava o trinco.

Foi nesse instante que minha mãe apareceu e me mandou entrar. Senti um calafrio ao vê-la vestida com o roupão branco; o rosto porém me tranqüilizava. Segui-a até a poltrona e subi com agilidade ao seu colo: contra todas as expectativas ela me recebia bem. Tanto é que passou a mão pelos meus cabelos e me ofereceu o seio. Lembro-me de que o leite era farto e desceu com estrépito pela garganta. O estranho é que ela me alimentasse fixando algum ponto em mim que não era eu; custei a descobrir que o foco ficava no meu pescoço — uma mancha cor-de-rosa onde não cresce nenhum fio de barba. Eu estava repleto quando ela me pôs de bruços sobre os joelhos e me deu alguns tapas nas costas; regurgitei uma enorme placa de leite no seu roupão. Sentia-me aliviado e satisfeito quando ela me deitou e cobriu com a manta azul.

Estou certo de que dormi profundamente a noite toda. Às vezes fico com a impressão de ter ouvido pancadas de punhos na veneziana: uma voz chamava minha mãe do lado de fora. Não excluo a possibilidade de um pesadelo, pois à noite minha digestão é difícil.

Amanhecia quando despertei com um gosto forte na boca. Levantei-me em silêncio para não incomodar ninguém. Já nessa hora as preocupações do dia cruzavam minha cabeça: via-me no escritório redigindo os termos de uma complicada petição de posse. Só me lembrei de que era uma causa antiga ao escovar os dentes. Voltando do banheiro para a sala, vi uma sombra roxa na cozinha; sem dúvida meu avô às voltas com o café-da-manhã. O velho madrugava todos os dias e gostava de um dedo de prosa; mas eu tinha de ir embora, por isso abri a porta de entrada e saí.

Na rua o sol começava a iluminar as pessoas e as árvores como algo fora do tempo; com efeito, a luz da manhã tinha um ar de garrafa lançada ao mar contendo uma mensagem.

UTOPIA DO
JARDIM-DE-INVERNO

1

Todas as vezes que eu entro no jardim-de-inverno alguma novidade me espera. Não que lá aconteçam coisas excepcionais — a não ser para os olhos habituados ao trato maleável com as nuances. Isso significa que é preciso ter um mínimo de familiaridade e traquejo para perceber o que mudou no mundo complicado de uma estufa. Obviamente ele não se abre ao primeiro que passa. Mas seu recato só é impenetrável para quem não sabe acompanhar os movimentos sutis de sua história. No caso, não se trata de evidências ou clarões, mas de sinais aparentemente insignificantes, como trocas discretas de posições, acréscimos e arranjos que a vista destreinada não distingue. Não quero dizer com isso que as alterações tenham deixado de ser substanciais: elas o são sempre. Para exemplificar, uma luz inusitada pode trazer à tona todo um traçado de manifestações riquíssimas até então latentes no seio de uma falsa imobilidade. Uma contingência como essa é que me levou a imaginar que as cores, as linhas e a consistência, em suma, a constelação de forças daquele mundo privilegiado, se comportavam como peças de um caleidoscópio. A diferença fundamental é que nele se mexe um organismo vivo, capaz de acusar e absorver, sem manipulação, o encontro de suas camadas mais secretas. Tudo depende, é claro, da condição peculiar de cada planta, pássaro ou grão de terra no conjunto minuciosamente regulado e no entanto livre das suas formas de acomodação. Por isso a imagem que talvez se aproxime mais dessa carnação de caules, folhas e raízes seja a de um tecido embrionário e pleno que a todo instante se afirma e se desfaz na produção germinal de sua própria existência.

2

Quem convive com fatos dessa natureza sabe que o anoitecer é o momento mais propício para se conhecer por dentro o ritmo de um jardim-de-inverno. Em grande parte isso se deve à circunstância de nessas horas decrescer sensivelmente a agitação das ruas e das casas. A ressalva necessária é de que ainda há muita coisa não esclarecida nesse fenômeno arisco, apesar de cotidiano. Seja como for, o importante é sentar-se à tardinha numa cadeira de vime diante dos vidros ainda iluminados e observar como as cores vivas do fim do dia empalidecem até o ponto crítico de uma grande mancha azul. Ela se espalha dos caixilhos da vidraça até o chão de cerâmica e os canteiros superiores, num roteiro desigual que no fim se confunde com os contornos da estufa. A pausa que então se instala é tão profunda quanto a que marca a conversão no metabolismo das plantas. É a partir desse momento que elas começam a se expandir, estirando ramos e penugens no espaço ainda recente dessa bolha desconhecida que é o sono de um vegetal. Embora não se possa pretender que já estejam despertas, o torpor acumulado de um dia de trabalho começa a descolar-se dos seus veios como uma camisa usada. A própria terra onde elas armazenam suas forças passa a emitir comandos subterrâneos que sobem à superfície das folhas. Nesse lance floresce o arco de tensão cuja energia liga a raiz ao caule e este por sua vez às extremidades, O primeiro resultado concreto dessa consciência crepuscular de unidade são os meneios circulares de onde, com toda a certeza, nascem os compassos iniciais de uma dança individual. Esta pode complicar-se de maneira infinita, mas as bases de sua evolução foram dadas quando a luz do sol desapareceu de todo. O mais decisivo no entanto ainda está para acontecer: a comunicação entre os exemplares vivos do jardim. Tudo indica que ela se dá por meio de insetos minúsculos que as plantas albergam durante o dia e que ao anoitecer ficam contagiados pelo movimento noturno de suas habitações. O que um ouvido apurado então percebe são riscos sonoros que aos poucos enlaçam os espécimes mais distantes, armando entre eles uma teia de sinais afinadíssimos — a um ponto que o tempo acaba por torná-los palpáveis. A materialização desses zumbidos pode oferecer a mais fantástica das visões, se há luar dentro da estufa. Pois a prata fria tem a propriedade de se depositar nos fios da tela de sons, escorrendo depois até o chão, onde desencadeia uma maré de pingos luminosos. O espetáculo chega ao auge quando o coro dos vegetais imprime o fôlego da relva à trama de rumor e colorido que se lança pelas paredes e atravessa o ar da redoma em todas as direções. Se esse ponto é alcançado, mesmo o observador mais imparcial não pode deixar de sentir a intensa levitação que se apodera do seu corpo e o mergulha por completo no espaço fervilhante da fartura.

3

Num jardim de verdade, cada manhã é uma experiência original. Se é verão e o dia amanhece cedo, o ímpeto das cores, logo nas primeiras horas, pode ser comparado à turbulência de um bando de sanhaços descobrindo um pomar novo. Mas no caso a analogia não é apenas retórica, porque de manhã os pássaros passam a compor naturalmente a paisagem do jardim-de-inverno — com a condição de que ele já tenha atingido um estágio maduro. Em outros termos isso significa que a estufa só chega à vida plena quando consegue absorver o exterior dentro dos seus limites de vidro. Com relação às aves, é possível perceber, por exemplo, que uma ninhada de bem-te-vis disputando as lanças vermelhas de uma flor-de-são-joão representa uma parte indispensável de sua organização interna. O mesmo se pode afirmar em relação a todas as andorinhas do bairro, seja quando elas perseguem flocos no ar, seja quando esticam os fraques em cima de uma antena de televisão. O processo de incorporação não se restringe, aliás, aos pássaros, pois vale igualmente para pessoas e árvores. É desse modo que o entregador de leite, que sempre chega de madrugada, deixa sem saber uma mancha branca no ânimo de flores e xaxins. As árvores da redondeza, por seu lado, já têm mais consciência do que acontece nessa troca de mensagens. Por isso não é de estranhar a sem-cerimônia com que o bico-de-papagaio do corredor afunda o seu florete no forro aceso da folhagem.

4

As regras de adequação desses elementos incongruentes são muito complexas e não se deixam prever nos pormenores. Mesmo assim, é visível que um jardim-de-inverno pesa as necessidades concretas. Nesse sentido, não é raro ver o setor operário dos vasos vestir a carranca das usinas, ou a terra dos canteiros morder nos seus túneis uma fúria enrustida de motores. A diferença de nível manifesta-se no caráter exemplar que as plantas impõem aos seus comportamentos. Pois o que fora do jardim remói a reprodução compulsiva da vida, nele abriga o risco e a descoberta.

Um exemplo clássico da visão áurea que envolve o dia-a-dia das plantas é a dialética de luz e sombra na economia de avencas e samambais. É sabido que elas mantêm um vínculo arcaico e indissolúvel com a umidade. Isso se explica em grande parte pela tradição, uma vez que sua permanência no tempo tem dependido de barrancos, recessos pantanosos e cavernas d'água. É notório que mesmo lugares inacessíveis como estes sejam alcançados pelo sol. Ele costuma descer no dorso da argila e no levíssimo das ramagens: sua inquietação transmite-se à produção de seiva desde há muito tempo. Por essa razão, sempre viaja uma tepidez flutuante nas suas rendas mais íntimas. Mas não só isso, como também um evidente toque dourado no corpo de suas hastes. O analista experiente não pode deixar de percebê-lo, principalmente se a escada irregular de uma samambaia ou o cabelo encarapinhado de uma avenca se lavam no fogo solto da tarde. Sendo assim, o que nelas parece realmente um impasse de necessidades contraditórias se resolve numa fotossíntese final.

5

Um olhar capaz de discernimento não se satisfaz com a impressão de repouso, mesmo que ele seja o de uma simples planta do deserto. Não há nada mais parado na verdade do que um cactus mexicano. Mas é evidente que essa insensibilidade, tantas vezes confundida com desligamento do mundo, não passa de uma miragem, já que seu teor intratável se deve justamente à existência de espinhos apontados para fora.

Esse modo de entender o cruzamento de mobilidade e estado de alerta merecia ser mais explorado. Pois o que vale para um fenômeno restrito pode não só abarcar um jardim inteiro como também desvendar o avesso de uma paisagem. A dificuldade costuma nascer, como se sabe, de expectativas tão mais abrangentes quanto menos elaboradas — por exemplo as que envolvem a relação factual entre o jardim e o jogo da aparência. Não seria inadequado insistir que nesse caso se trata de uma relação complementar com elementos miméticos. O modo de articulação dos últimos foi referido atrás, e nessa medida dispensa repetição. O importante no momento é perceber que a complementaridade de um jardim o transforma em contradição de algo a que ele só alude enquanto manifestação autônoma. Isso implica que aqui se desdobra o laço entre a planta individual e sua estufa, ou entre ambas e o cortejo de coisas que lhes dão consistência — casa, cidade, país —, o que as faz habitar um âmbito que a rigor não é o seu. Talvez essa relação traduza a tendência dessas plantas a dizerem alguma coisa que existe mas não tem nome certo e que por isso aceita outro totalmente provisório.

SOBRE ESTE LIVRO

Este volume reúne, com muitas exceções, os contos dos livros *As marcas do real* (Rio de Janeiro, Paz e Terra, 1979; prêmio Jabuti de 1980); *Aos pés de Matilda* (São Paulo, Summus, 1980); e *Dias melhores* (São Paulo, Brasiliense, 1984). Um terço das narrativas, não publicadas em livro e escritas entre 1985 e 2001, foi divulgado na *Folha de S.Paulo* — "Ilustrada", "Folhetim", "Mais!" — "Publifolha", "Leia Livros", "Discurso" e revista *Novos Estudos Cebrap.*

Várias peças foram recolhidas em antologias e traduzidas para o espanhol, francês e húngaro, além de comentadas em revistas das universidades de Pittsburg, Roma e Madri.

NOTAS BIBLIOGRÁFICAS

O conto "O Natal do viúvo", inédito em livro, foi publicado na *Folha de S.Paulo,* "Ilustrada", em 29 de agosto de 2000, e na revista *Novos Estudos Cebrap,* nº 32, de março de 1992.

"À margem do rio" foi publicado no suplemento "Mais!" da *Folha de S.Paulo.* Inédito em livro.

"Visita", igualmente inédito em livro, saiu no "Folhetim" da *Folha de S.Paulo* em 23 de abril de 1996.

"Por trás dos vidros", inédito em livro, foi publicado no suplemento "Primeiras Histórias do ano 2000", da *Folha de S.Paulo,* em 1º de janeiro de 2000.

O conto "Dueto para corda e saxofone" saiu no "Folhetim" da *Folha de S.Paulo* em 29 de agosto de 2000. Inédito em livro.

"Passagem do ano entre dois jardins" foi publicado com o título "Passagem de ano entre jardins", no "Folhetim" da *Folha de*

S.Paulo, em 26 de dezembro de 1993; consta da coletânea *Nueva antología del cuento brasileño contemporáneo*, editada pela Universidade Nacional Autônoma do México, Cidade do México, 1996.

"Desentranhado de Schreber" é inédito. Foi extraído e adaptado de *Memórias de um doente dos nervos*, de D. P. Schreber, traduzido do alemão por Marilene Carone.

"No tempo das diligências", inédito em livro, foi publicado pela revista *Novos Estudos Cebrap*, nº 21, de julho de 1988.

"O retorno do reprimido" foi publicado no "Folhetim" da *Folha de S.Paulo* em 6 de outubro de 1985. Inédito em livro.

"Os joelhos de Eva", inédito em livro, saiu em "Leia Livros" nº 66, em abril de 1984.

"Café das flores" foi publicado em 10 de abril de 1994 e selecionado pelo "Publifolha" da *Folha 80 anos*.

Do livro *Aos pés de Matilda* (São Paulo, Summus, 1980) foram extraídos para este livro os seguintes contos: "Bens familiares", "A força do hábito", "Ponto de vista", "Encontro", "Matilda" (publicado com o título "Aos pés de Matilda").

Do livro *Dias melhores* (São Paulo, Brasiliense, 1984), foram escolhidos os textos: "Dias melhores", "Corte", "Janela aberta", "O espantalho", "Virada de ano" (sob o título "Passagem de ano"), "O assassino ameaçado" (no original, com o subtítulo "Alusões a partir do quadro de Magritte"), "O som e a fúria", "Rodeio", "Determinação", "A tempestade", "Subúrbio", "Rito sumário", "Fim de caso", "Escombros". A novela "O ponto sensível" também consta do livro *Dias melhores*.

Do livro *As marcas do real* (Rio de Janeiro, Paz e Terra, 1979; prêmio Jabuti de 1980, orelha de Antonio Candido), foram escolhidos os contos: "As faces do inimigo", "Noites de circo", "Choro de campanha", "Mabuse", "Pista dupla", "As marcas do real", "Fendas", "Águas de março", "Sagração da primavera", "Eros e civilização", "Crime e castigo", "Vento oeste" (publicado com o título "Noite de Natal"), "O cúmplice", "Duelo", "O jogo das partes", "Reflexos", "A manta azul" (publicado com o título "De bruços"), "Utopia do jardim-de-inverno" (publicado com o título "Utopia do jardimde-inverno por um doutor em letras").

ESTA OBRA FOI COMPOSTA PELO ESTÚDIO O.L.M. EM AGARAMOND E IMPRESSA
EM OFSETE PELA GRÁFICA BARTIRA SOBRE PAPEL PÓLEN SOFT DA SUZANO
PAPEL E CELULOSE PARA A EDITORA SCHWARCZ EM DEZEMBRO DE 2007